Quando o Dia Nasceu

Quando o Dia Nasceu

PIET PRINS

SUMÁRIO

1

VISITANTES

Um caixeiro-viajante marchava exausto pela sinuosa estrada da represa. Ele estava cansado, suas costas arqueadas pelo peso do enorme pacote que carregava. Era óbvio que ele não era velho, mas ainda jovem e forte, provavelmente com pouco mais de trinta anos. Claramente, ele havia andado uma longa distância.

Era início de verão, e o sol ainda não tinha se posto. Endireitando suas costas, o caixeiro parou por um momento. Ele limpou o suor de sua testa e olhou ao redor.

"Estou eternamente grato por a próxima vila estar perto", balbuciou consigo mesmo. "Aquela fuga foi por um triz, quase mais do que eu poderia suportar. Se aqueles caçadores de hereges me capturassem, não sei se seria queimado na estaca ou pendurado na forca. Mas o Senhor foi bom comigo e poupou minha vida".

Com vigor renovado, ele continuou sua caminhada, usando um forte ramo espinhoso como cajado. Aquilo também poderia ser usado como arma, se necessário.

Perto de uma curva na represa havia uma fazenda, a primeira que podia ser avistada por quem entrasse na vila por aquela direção. O homem parou aqui, incerto sobre o que deveria fazer. Sua hesitação não demorou muito.

"Terei de arriscar", ele balbuciou para si mesmo e, com determinação, caminhou em direção à residência.

O fazendeiro, um homem robusto com mãos grandes e fortes, estava trabalhando no jardim, consertando o dente de um ancinho. Com suspeita, ele observou o estranho vindo em sua direção. Nesses dias de inquietação, nem sempre você pode confiar em estranhos.

Os olhos azuis e brilhantes do fazendeiro buscaram os olhos do estranho. Quando o viajante o cumprimentou polidamente, o fazendeiro relaxou um pouco e perguntou de maneira amigável: "O que posso fazer por você?".

O caixeiro largou sua carga pesada, que levava em suas costas com dois cintos largos, e a abriu. "Eu vendo muitas coisas bonitas: fivelas de prata, pérolas, botões finos, rendas, xales elegantes e muito mais".

O fazendeiro sorriu e disse: "Então eu acho que você deveria tratar com minha esposa, embora o dinheiro seja escasso. Por que você não entra por um momento?".

Ele foi para a casa e, à frente do estranho, entrou na cozinha. Era uma casa humilde, com um piso de barro batido. Embora não houvesse luxos, era bastante organizada. No local, havia uma grande mesa e umas poucas cadeiras com uma esteira de tecido.

A esposa do fazendeiro estava assentada ao lado de uma das janelas, remendando as roupas de um menino. Sua face rosada tinha uma expressão amigável. "Venha e dê uma olhada em todas as coisas bonitas que esse caixeiro-viajante está vendendo", o fazendeiro disse para sua esposa. Novamente, o vendedor abriu seu embrulho e colocou muitos produtos sobre a mesa. Enquanto o marido e a esposa observavam as mercadorias e, ocasionalmente, perguntavam um preço, o jovem rapidamente examinou a sala.

Em um canto, um garoto de aproximadamente doze anos estava deitado em uma cama de alcova que fora construída na parede da cozinha. Obviamente, ele tinha acabado de ir para a cama, porque ainda estava bem acordado. Com grande curiosidade, ele observou o visitante e suas mercadorias. Lançando o olhar para as paredes da cozinha, o viajante ficou aliviado ao observar que não havia cruzes ou estátuas de santos expostas.

Enquanto isso, a esposa do fazendeiro havia separado algumas coisas que esperava comprar. "Você tem outros itens à venda?", ela perguntou.

"Sim, eu tenho", ele respondeu. "Eu tenho livros preciosos que te conduzirão na estrada para a salvação".

Abruptamente, ele tirou seu chapéu. Era forrado no interior e, de debaixo desse forro, o vendedor retirou vários livretos e os dispôs sobre a mesa.

Assombrado, o fazendeiro disse: "Esses livros estão na lista de livros proibidos. A Inquisição, os juízes católicos romanos que examinam e condenam hereges, os baniram por causa de seu conteúdo herético".

"Eu sei disso, mas Inquisição está errada", respondeu o caixeiro-viajante. "Esses livros não promovem a rebelião contra Deus ou o rei, mas em tudo permanecem fiéis à Palavra de Deus. Vocês conhecem as Sagradas Escrituras?".

Novamente, os olhos azuis escuros do fazendeiro olharam direto para os olhos claros do viajante. A sala ficara bastante silenciosa.

"Você está perguntando demais. Nunca ouviu falar da forca, da tortura com o potro, ou de queimar na estaca?".

"Eu estou perguntando demais, mas também lhes contei demais. Eu sou um seguidor da verdadeira fé, a fé reformada.

Eu já vi tanto dessas coisas mencionadas por vocês que jamais em toda a minha vida eu as esquecerei. Hoje, quase fui pego, e é possível que não demore muito para que eu morra também. Mas preferiria ser queimado na estaca a renunciar à verdadeira doutrina da salvação. Por esse motivo, eu lhes pergunto: 'vocês conhecem as Escrituras?'".

Quando ele falou, sua voz ecoou com convicção, e seus olhos incendiaram-se com paixão.

Sem mais hesitação, o fazendeiro apertou a mão do caixeiro viajante e disse: "Você está entre amigos. Nós também conhecemos a Palavra de Deus e rejeitamos os caminhos do papa".

Um olhar de grande alegria surgiu no rosto do vendedor ambulante. "Deus tem guiado meu caminho de maneira maravilhosa. Mas devo alertá-los de que vocês estão arriscando suas próprias vidas se me oferecerem abrigo. Há um prêmio por minha cabeça, e os espiões da Inquisição estão procurando por mim. Se vocês quiserem que eu saia, então digam".

O fazendeiro sacudiu sua cabeça. "Aquele que recusa abrigar um irmão perseguido não conhece o amor de Cristo. Nós temos alguns bons lugares onde você pode se esconder em uma emergência. Você já comeu?".

"Não desde essa manhã. Eu lhes agradeço por sua hospitalidade. Que o Senhor lhes abençoe por isso".

A esposa do fazendeiro rapidamente trouxe leite, manteiga, carne e pão caseiro, e o inesperado visitante comeu com vontade.

"De onde você vem?", perguntou o fazendeiro.

"Eu venho da Antuérpia. A situação está bastante séria por lá. Quase todos os que são da fé reformada foram forçados a deixar a cidade".

"Havia muitos reformados?".

"Muitíssimos – alguns dizem que quarenta mil. No ano passado, eles até receberam permissão para pregar. Porém, uns trinta ou quarenta homens, incluindo alguns do nosso grupo, ficaram agitados e destruíram muitas imagens. Agora nossa liberdade se foi. A vingança será terrível. O Rei Filipe[1] jura que matará todos os reformados, e ele já enviou o Duque de Alba[2] para executar sua ordem".

"E quanto ao Príncipe de Orange[3]?".

"Ele ainda está indeciso. Por meses, ele viveu na Antuérpia. Os calvinistas lhe imploraram que tomasse a liderança contra os opressores, mas o príncipe não quer cuidar disso. Embora muitas vezes tenha se pronunciado contra a perseguição no Conselho de Estado, ele não fez nada para impedir as tropas da Governadora Margarida[4] de destruírem um pequeno e inexperiente exército fora dos muros da cidade".

"É possível que ele secretamente apoie nossos perseguidores?".

"Por certo, há alguns que o acusam disso, embora eu não o faça. Não duvido de sua sinceridade, mas creio que ele não

---

1   Felipe II (1527-1598) foi rei da Espanha e de Portugal. Com a renúncia de Carlos V, assumiu o trono do Sacro Império Germânico. Os Países Baixos era uma província da Espanha. Ardoroso defensor da fé católica, instituiu a Inquisição em seus domínios.

2   Duque de Alba é um título de nobreza concedido pelo rei Henrique IV de Castela em 1465. Ainda hoje é um dos mais importantes títulos de nobreza da Espanha. O duque aludido aqui foi Fernando Álvarez de Toledo y Pimentel (1507-1582), o terceiro Duque de Alba, também conhecido como o Grande Duque de Alba.

3   Guilherme I de Orange-Nassau (1533-1584), também conhecido como Guilherme, o Taciturno (*Willem de Zwijger*). Grande impulsionador da independência dos Países Baixos.

4   Margarida de Parma (1522-1586), filha do imperador Carlos V, foi regente dos Países Baixos de 1559 a 1567.

é católico romano, nem reformado, e esse é o problema. Luís[5], seu irmão, é reformado e tem uma influência positiva sobre ele, mas ele não tem tanta influência quanto o Príncipe de Orange".

"Onde ele está agora?".

"O Príncipe de Orange? Ele deixou a cidade há alguns meses, quando os rumores diziam que Alba estava vindo. Milhares de outros seguiram seu exemplo. Atualmente, é difícil comprar ou vender qualquer coisa na cidade porque muitos comerciantes têm fugido. O príncipe foi para seu castelo em Breda, mas depois ele fugiu dali para a Alemanha. Temo que ele nunca volte".

"Você está sendo perseguido também?".

"Sim, embora até agora eu sempre tenha conseguido escapar. Cinco anos atrás, eles prenderam minha esposa na Antuérpia".

O rosto do estranho encheu-se de sofrimento enquanto dizia essas palavras. Por um momento, ele não falou. Com grande compaixão, a esposa do fazendeiro olhou para ele. "Ela foi morta?", perguntou gentilmente.

"Ela foi presa na 'Pedra', a prisão na Antuérpia, e foi severamente interrogada. Eles a torturaram, mas ela recusou-se a abandonar sua fé. Então, eles a costuraram em um saco e a jogaram no Rio Escalda[6], onde ela se afogou".

---

5   Luis de Nassau (1538-1574). Diferente de Guilherme de Orange, Luis era calvinista convicto e lutou bravamente pela causa reformada. Em 1566, ele foi um dos líderes da liga que assinou o "Compromisso dos Nobres". Uma petição ao rei Felipe II para encerrasse a Inquisição nos Países Baixos.

6   O Rio Escalda nasce na França e desagua no Mar do Norte, tem 350 km de extensão. É importante rota comercial desde os tempos do Império Romano.

A mulher tinha lágrimas em seus olhos. "Bem-aventurados aqueles que morrem no Senhor", ela disse serenamente.

"Nós estávamos casados por pouco tempo e ainda não tínhamos filhos. Eu perdi meu maior bem aqui na terra, então decidi trabalhar ainda mais ativamente no avanço do Evangelho. Como caixeiro-viajante, eu posso ir de casa em casa. Quando chego a uma casa, tento falar com as pessoas, e quando suspeito que elas estejam dispostas a ouvir, eu lhes ensino sobre o verdadeiro Evangelho. Também lhes vendo livretos que explicam o caminho para a salvação. Mesmo que muitas pessoas sejam indiferentes ou abertamente hostis, há milhares que têm fome do verdadeiro Pão da Vida".

"Ultimamente, porém, ficou ainda mais difícil, e eu tive de deixar Antuérpia. Eles colocaram uma recompensa pela minha cabeça. Hoje, enquanto viajava de barco, fui avisado de que os perseguidores estavam esperando por mim em certo lugar. Eu saí do barco mais cedo do que pretendia. Foi assim que consegui escapar".

Naquele momento, alguém passou pela pequena janela. O fazendeiro empalideceu ao reparar.

"É Simon Roelofs. O que ele quer aqui hoje? Esconda-se rápido! Ele não é de confiança!".

O caixeiro-viajante deu um salto. Ao fazer isso, um dos livretos caiu no chão, mas ninguém percebeu. Ele pegou sua bagagem, tirou os livros da mesa, e olhou ao redor, incerto quanto aonde deveria ir. A mulher abriu uma pequena porta sob a cama de alcova onde o garotinho estava. A pequena porta levava a um minúsculo porão.

"Rápido", ela sussurrou, "entre aqui onde é seguro".

O fazendeiro tinha ido até a porta. A porta consistia de duas metades, de cima e de baixo, que abriam separadamente. A fim de ganhar algum tempo, ele lentamente abriu a metade superior da porta, enquanto manteve a inferior trancada.

"Ora, ora, Simon Roelofs, o que te traz à nossa casa a essa hora do dia?".

2

UM LIVRETO ESPECIAL

O homem que estava do lado de fora era um pouco mais velho que o fazendeiro. Ele tinha um rosto dissimulado, com olhos astutos que pareciam notar tudo.

"Eu acabei de voltar da vila, onde escutei algumas notícias importantes. Pensei que poderia informar-lhe sobre o que está acontecendo. Você não se importa se eu entrar por um momento, certo?".

"É claro que não", respondeu o fazendeiro, mas ele ficou onde estava e começou a falar sobre a bela noite de verão. Lentamente, destravou a metade inferior da porta, permitindo que o novo visitante entrasse.

Na cozinha, tudo parecia normal outra vez. A Sra. Meulenberg tinha voltado ao seu remendo e estava trabalhando com diligência quando os homens entraram. O caixeiro-viajante e sua bagagem tinham desaparecido.

Simon Roelofs cumprimentou a Sra. Meulenberg de uma maneira inusitadamente amigável. Nesse meio tempo, ele observou o ambiente com suspeita. Caminhou até uma das cadeiras à mesa e assentou-se. Quando se inclinou para pôr seu chapéu no chão, notou o livreto que caíra mais cedo. Na capa, estava o título:

Verdadeira Confissão Cristã:
Contendo o Sumário de Deus
e da Eterna Salvação do Homem

Ele leu isso de relance, e seus olhos brilharam maliciosamente. Rapidamente, colocou seu chapéu sobre o livro e novamente sentou-se direito. Então, como se nada tivesse acontecido, começou a falar com o fazendeiro.

"Como eu dizia, acabei de voltar da vila. Você sabe que sou um grande amigo do xerife, e lhe dei algumas galinhas. Quando eu estava pronto para partir, alguns soldados vieram com um mandado de prisão para um perigoso rebelde que está distribuindo livros ilegais. Eles quase o pegaram hoje, mas ele deve ter sido avisado e conseguiu escapar. Provavelmente, está em algum lugar nessa vizinhança, e nosso corajoso xerife fará o possível para capturá-lo. Na realidade, há um prêmio por sua cabeça. Seu nome é Nicholas Borgerhout. Por acaso, vocês não o conheceriam, não é?".

"Eu nunca ouvi falar dele", respondeu calmamente o fazendeiro. Sua esposa também parecia calma, mas os olhos perspicazes e brilhantes de Simon perceberam algo. Suas mãos estavam tremendo, e ela furou o dedo várias vezes.

"Você sabe que estou lhes alertando para seu próprio bem", o visitante prosseguiu deliberadamente. "Afinal, nós somos vizinhos, mesmo que não concordemos em tudo. Eu sei, por exemplo, que você não quer nada com a santa igreja".

"Isso é um mal-entendido, Simon. Eu amo a santa igreja com todo meu coração".

Por um momento, o espião não sabia o que dizer.

"Bem, de qualquer forma", ele continuou, "eu ouvi que você e sua esposa não frequentam a missa há um bom tempo. Poderia acontecer, caso um herege aparecesse, de ele tentar convencê-los a oferecer-lhe abrigo. Vocês sabem que tal crime será punido com morte".

"Obrigado pelo aviso. Por certo eu serei muito cuidadoso, Simon", disse forçadamente o Sr. Meulenberg.

O visitante estava bem convencido de que não conseguiria qualquer informação deles. Ele continuou a falar por mais alguns minutos. Então, pegou seu chapéu com cuidado, ao mesmo tempo em que secretamente pegava o livreto. Com um amigável "boa noite", ele partiu.

"Pelo menos isso terminou bem", disse a Sra. Meulenberg com um suspiro de alívio quando Simon sumiu de vista.

O fazendeiro assentiu. "Mas não tenho tanta certeza. O homem deve ter suas suspeitas. Além disso, quando ele saiu, não gostei da expressão em seu rosto. Por outro lado, parece-me que ele não conseguiu descobrir nada enquanto esteve aqui. Mas, primeiro, vamos buscar nosso convidado. Aquele pequeno porão não pode ser muito confortável".

Ele caminhou em direção à cama e alegrou-se ao ver que seu filho, Martin, que ficara acordado por mais tempo que o habitual graças aos visitantes, agora dormia profundamente. Não que Martin diria algo para alguém, mas era melhor que ele não ouvisse tudo. Ele abriu a pequena porta e deixou o caixeiro sair.

"Esses foram momentos um pouco desagradáveis", o ambulante riu. "Mas eu também não acho que você teve um momento particularmente prazeroso. Quem é Simon Roelofs, afinal?".

"Ele vive em uma pequena fazenda, a aproximadamente cinco minutos de caminhada daqui. Ele é um celibatário e um avarento. Dinheiro é seu ídolo. Ele fará qualquer coisa apenas por dinheiro. Estou certo de que ele até contaria às autoridades se soubesse que você esteve aqui".

"Ele é católico romano?".

"Sim, mas somente porque lhe dá vantagens. Ele visita muito o xerife, e suspeito que ele seja pago por qualquer informação que der sobre reformados nessa área. Ele é sempre amigável conosco, mas não hesitaria em ver-nos mortos se sentisse que havia dinheiro a ser ganho. Mas posso honestamente dizer que nunca tinha ouvido falar de Nicholas Borgerhout, e nem quero ouvir sobre ele!".

O viajante entendeu o que ele queria dizer e falou: "Acho não te contei meu nome ainda. Apenas me chame de Casper".

Por um longo período, os três conversaram. O jovem que denominava-se Casper sabia muito sobre a Reforma e seu avanço, a despeito das perseguições. Ele conhecera muitos pregadores e tinha algumas histórias para contar sobre a tortura e a morte de alguns deles. Ele também contou suas experiências como vendedor ambulante de livros reformados. Pegou seu pacote e tirou os livros que estava mostrando antes de Simon surgir de maneira tão inesperada.

"Você conhece a confissão que foi escrita por Guido de Brès[7]? Ela foi aceita no ano passado pelas igrejas flamengas".

"Eu ouvi muito sobre ela e adoraria lê-la", respondeu Sr. Meulenberg.

---

7   Guido de Brès (1522-1567), pastor reformado que escreveu a Confissão Belga em 1561. Morou, como refugiado, na Bélgica, em Londres e Genebra, onde foi aluno de João Calvino.

"Então eu gostaria de lhe dar uma em agradecimento por sua hospitalidade e auxílio", disse Casper. Ele procurou entre seus livretos, mas não conseguiu encontrar o que buscava.

"Que estranho. Tenho quase certeza de que a tinha em minhas mãos no início desta noite". Novamente, ele procurou em sua pequena pilha.

"Acho que estava enganado". Ele tirou seu chapéu e retirou outra cópia da confissão de debaixo do forro, onde aparentemente não havia mais livretos.

"Aqui está. Eu tenho um pequeno estoque delas comigo".

Impressionado, o fazendeiro aceitou o livro. Ele sabia que Guido de Brès tinha enviado uma cópia dessa confissão ao Rei Filipe. Guido de Brès esperava que isso fizesse o rei entender que os reformados ensinavam somente o que estava na Bíblia e não mereciam perseguição. Mas isso não ajudou em nada. Pelo contrário, a perseguição tornou-se ainda mais severa.

Este era um livro que há muito ele esperava ver e ler. Cuidadosamente, examinou a capa:

Verdadeira Confissão Cristã:
Contendo o Sumário de Deus
e da Eterna Salvação do Homem

Era bastante tarde quando eles foram para a cama. Tinha sido uma alegria para o Sr. e a Sra. Meulenberg ouvirem tanto sobre o avanço do Evangelho nos Países Baixos.

Havia poucos reformados em sua vizinhança. No último ano, por duas vezes eles caminharam várias horas até a outra vila para ouvir um pregador ao ar livre. Eles tinham ido, ainda que essa pregação fosse ilegal. Contudo, ultimamente, os reformados estavam sendo vigiados de perto, e eles não ousariam arriscar novamente. Os Meulenbergs precisavam ser muito cuidadosos porque o xerife, que era um católico romano convicto, tinha percebido que eles já não confessavam seus pecados ao sacerdote ou iam à missa. Agora, ele estava procurando um pretexto para prendê-los.

Às vezes, o fazendeiro tinha o sentimento de que a Reforma terminaria em uma batalha sangrenta e que todos os que se opunham aos ensinos do papa seriam mortos. De tempos em tempos, ele ouvia sobre perseguições resultando em morte. Nos últimos meses, centenas tinham fugido para a Inglaterra ou a Alemanha porque temiam Alba e seu exército de soldados cruéis. Os Meulenbergs decidiram ficar para não perder sua fazenda e sua terra. Se eles fugissem, provavelmente nunca as teriam de volta.

Porém, Casper também tinha lhes falado sobre muita tortura e perseguição, mas ele não estava deprimido ou desencorajado.

"O sangue dos mártires é a semente da igreja", disse com convicção. "O papa e seus seguidores não serão capazes de deter a Reforma, não importa quantas pessoas torturem e matem. Em inúmeras ocasiões, vi pessoas interessarem-se pelo verdadeiro ensino do Evangelho ao testemunharem quão corajosamente um crente morre. É dessa forma que o Senhor guarda Sua igreja. Está muito melhor agora que há vinte ou trinta anos atrás, quando tantos foram influenciados pelos Anabatistas. Isso prejudicou muito mais a igreja que essa perseguição. Creiam-me, apesar de tudo o que está acontecendo, o pesadelo das superstições papistas está enfraquecendo, um novo dia está raiando".

Lá fora, havia escurecido completamente, e a Sra. Meulenberg cuidadosamente fechou as persianas. A lanterna de óleo lançava um brilho cálido e suave na sala.

"É hora de irmos dormir, mas antes de irmos, vamos ler a Palavra de Deus", disse o fazendeiro.

Ele caminhou até uma arca de madeira, belamente esculpida. Sem levantar a tampa superior, pressionou uma das figuras esculpidas na arca. Uma pequena gaveta subitamente se abriu bem no fundo do móvel. Casper contemplou com assombro.

Rindo, o fazendeiro lhe disse: "Há um fundo falso que não pode ser visto nem de dentro, nem de fora".

Ele ajoelhou-se e tirou um grande livro da gaveta. "Este é nosso tesouro mais valioso: uma Bíblia com notas de rodapé impressa na Antuérpia por Jacob Van Liesvelt".

Casper assentiu. "Van Liesvelt foi decapitado em 1545 por isso, mas sua obra continua a dar frutos diários".

O fazendeiro leu o Salmo 4 em voz baixa. Então, os três ajoelharam no chão e derramaram seus corações perante o trono de Deus.

A Bíblia foi cuidadosamente devolvida à gaveta secreta. Seu novo tesouro, o livreto sobre a confissão, foi colocado próximo a ela.

Então o fazendeiro guiou Casper com a luz da vela até um pequeno sótão que só poderia ser alcançado pela escada.

"Aqui há uma boa cama para você dormir. Assim que eu descer, você deve puxar a escada de volta. Isso é o que você deve fazer se houver algum problema à noite". Ele andou até um canto próximo à janela, forçou sua faca entre duas tábuas e empurrou-as de lado. "Esse é o começo de um túnel escuro. Você deve rastejar por ele até chegar a uma escada de cordas que leva a um esconderijo sob o telhado. Há uma janela bem no alto que é invisível do lado de fora. Você pode abri-la e sair por ela, se necessário. Então, basta apenas deslizar pelo telhado e escapar. Mas eu duvido que você precise fazer isso. Durma bem!". Com essas palavras ele saiu e desceu a escada.

3

TRAÍDOS

Cedo de manhã, a luz do sol atravessou a janela da cozinha. Ela reluziu direto no rosto de Martin, que ainda estava dormindo. Ele moveu-se levemente, piscou os olhos, bocejou... e acordou.

Por um momento, ficou em silêncio. Ele podia ouvir os sons no outro cômodo. Aquela seria sua mãe. Papai, claro, já estava lá fora ordenhando as vacas. Era uma pena que eles o tivessem deixado dormir, porque ele gostava de ajudar seu pai. Era ótimo estar tão cedo lá fora quando o tempo estava bonito.

Não poderia ser tão cedo porque o sol já estava alto no céu. Deveria ser, pelo menos, meia hora a mais que o habitual. Na noite passada, já era muito tarde antes de ele adormecer. O que havia acontecido?

De repente, ele lembrou. Um estranho do sul viera a sua casa. Ele era um caixeiro-viajante que também tinha consigo livros sobre a Palavra de Deus. Papai e Mamãe conversaram com ele e até lhe ofereceram um lugar para dormir. Martin não tinha entendido tudo e, mais tarde, caíra no sono.

O ambulante ainda estava aqui? Ele deveria perguntar discretamente para Mamãe? Martin sabia como guardar um segredo. Ele também sabia que se certas coisas fossem descobertas, seus pais seriam executados. E, então, que espécie de coisas desagradáveis lhe aconteceriam?

Ele sabia o que fazer. Levantaria imediatamente e iria até seu pai no campo. Talvez, ainda pudesse ajudá-lo com a ordenha, e talvez, então, ele ainda tivesse uma chance de perguntar sobre o estranho. Papai sabia que ele era confiável.

Martin saltou da cama, ajoelhou para sua oração matinal e vestiu-se. Então, correu para fora. Mamãe não tinha percebido, mas ela certamente não se importaria se ele fosse ajudar seu pai lá fora. Ele poderia vê-la no café da manhã.

Martin caminhou no ar frio da manhã até o pasto, assobiando alegremente. Seu pai parecia agradavelmente surpreso ao vê-lo chegar.

"Então, filho, você veio me ajudar? A marrom malhada ainda precisa ser ordenhada. Por que você não faz isso?".

Martin colocou um balde de madeira sob a vaca e começou a ordenhar. Ele ficou feliz por não estar muito atrasado.

Quando terminaram, o Sr. Meulenberg derramou todo o leite em dois baldes maiores. Ele prendeu os baldes ao jugo e pendurou-o sobre seus ombros. Martin pegou as outras coisas e, juntos, eles caminharam de volta para casa.

Seu pai não estava muito falante naquela manhã. Ele parecia pensar profundamente, e Martin não ousava fazer a pergunta que estava fervendo em seus lábios. Então, subitamente seu pai começou a falar sobre isso.

"Você deve ter percebido que tivemos uma visita na última noite".

"Sim, Papai".

"Ele esteve conosco pela noite e provavelmente sairá hoje. Não seria seguro para ele viajar pelas estradas porque, aparentemente, as pessoas estão procurando por ele. Como eu mal posso sair, você teria coragem de guiá-lo pelos campos?".

"É claro, Papai. Eu adoraria!", ele exclamou alegremente. Esta poderia ser uma grande aventura! Oh, ele entendia muito bem, ainda que seu pai não explicasse tudo. O estranho, obviamente, era um pregador reformado que estava sendo perseguido. Ele, Martin, asseguraria que esses caçadores de hereges não colocassem as mãos nele. Ele asseguraria...

"Você garante que tomará muito cuidado, meu filho?", seu pai disse com uma voz preocupada, interrompendo os pensamentos de Martin.

Ele prometeu que tomaria cuidado e, então, continuou deixando que sua imaginação voasse.

Mas o Sr. Meulenberg não estava empolgado. Ontem, eles tiveram uma noite maravilhosa, mas a visita de Simon Roelofs lhe perturbou. Aquele homem tinha um olhar deveras presunçoso quando saiu, quase como se tivesse descoberto algo. Quanto mais pensava nisso, mais ansioso ficava.

Quando eles chegaram em casa, Casper já tinha descido. Martin acenou com a mão, observando o estranho com respeito.

A Sra. Meulenberg estava com o café da manhã pronto: pão caseiro, queijo, carne e leite. O fazendeiro começou a refeição com uma oração, pedindo que o Senhor protegesse a todos, especialmente o irmão que era perseguido por causa do Evangelho.

Enquanto eles comiam, ele informou seu hóspede de que Martin o conduziria pelos campos. Mamãe pareceu preocupada ao escutar aquilo, mas ela percebeu que não havia realmente uma alternativa.

Casper estava muito agradecido por sua gentileza e auxílio. Parecia que já tinha esquecido o susto que tivera no dia anterior e estava com uma aparência bastante animada. Martin começou a gostar ainda mais dele, e sua imaginação voou alto com as aventuras que eles teriam juntos.

Mas tudo acabou de forma bem diferente. Sua mãe olhou pela janela e soltou um grito de horror. Os outros também olharam de relance e empalideceram de medo. A menos de cem metros, o xerife, junto com dois policiais assistentes e três soldados, cavalgava. Eles vinham pela estrada da represa em direção à fazenda. O xerife estava liderando a procissão em seu cavalo, e os outros o seguiam a pé.

"Nós fomos traídos!", sobressaltou-se o fazendeiro. Então, forçou-se a ter calma.

"Martin, suba rápido as escadas com Casper e ajude-o a chegar ao esconderijo. É melhor ficar lá também. Talvez você esteja a salvo ali. Nós esperaremos pelo xerife e seus ajudantes. Provavelmente, tudo terminará bem".

Por sua expressão preocupada, estava claro que ele não acreditava naquelas últimas palavras, mas fugir seria impossível agora que o xerife já estava tão próximo.

Martin e Casper correram até a escada. Ao chegarem ao sótão, eles podiam ouvir o trote dos cascos do cavalo no pátio da fazenda. Eles correram para o quartinho onde Casper tinha dormido. A cama já estava feita, e não havia sinal de que alguém dormira ali. Somente a bagagem de Casper ainda estava lá.

Agora, eles podiam ouvir que alguém estava batendo na porta, e uma voz forte gritou: "Em nome do rei, abram a porta!".

Casper deu uma olhada rápida para certificar-se de que não poderia ser visto e, então, apressou-se em separar as tábuas com sua faca, como observara o fazendeiro fazer na noite anterior. Quando a abertura estava grande o bastante, ele usou suas mãos para abri-la ainda mais.

Abaixo deles, o barulho ficou ainda mais alto. Soava como se os soldados estivessem batendo na porta com seus rifles. Eles escutaram o pai de Martin abrir a porta e, então, tudo o que puderam ouvir foi uma grande comoção. Havia muitos gritos e discussão. A única palavra que eles realmente puderam captar foi herege.

Enquanto isso, Martin havia desaparecido pela abertura. Casper apressadamente empurrou sua bagagem e arrastou-se atrás dela. Então, fechou a abertura o mais rápido possível. Estava escuro no túnel, e havia muito pouco espaço. Ele mal podia rastejar sobre suas mãos e joelhos. Com grande esforço, Casper empurrou seu embrulho, carregado com mercadorias, à sua frente, tomando sempre cuidado para fazer o menor barulho possível.

Felizmente, o túnel não era muito longo e, instantes depois, eles alcançaram uma passagem mais larga que subia. Essa passagem permitia que entrasse luz o suficiente para que eles pudessem distinguir uma escada de cordas conduzindo para cima.

Martin subiu primeiro, seguido por Casper, que tinha amarrado suas coisas nas costas. Mal havia espaço para ele subir a escada portando sua grande mochila. Com dificuldade, ele conseguiu subir e atirou-se sobre a borda da passagem. Agora, eles estavam em uma pequena sobrecâmara, um cômodo pequeno diretamente embaixo do telhado. Eles rapidamente puxaram a escada para cima e trancaram a passagem. Casper colocou sua pesada mochila sobre ela.

Enquanto isso, muitos eventos se passaram no andar de baixo. O Sr. Meulenberg tinha aberto a porta e, imediatamente, o xerife e seus dois assistentes entraram. Os soldados ficaram do lado de fora, com ordens estritas de vigiar todas as portas e janelas para assegurar que ninguém escapasse.

O fazendeiro percebeu que aqueles homens chegaram determinados. Furiosamente, gritaram com ele: "Onde está aquele herege?".

"De quem você fala, honorável xerife?", perguntou Meulenberg, tentando parecer calmo.

"Aquele patife Nicholas Borgerhout. Tenho certeza de que ele está aqui em algum lugar".

"Se você tem tanta certeza, então vasculhe minha casa, mas lembre que errar é humano".

"Não fale com tanta confiança. Você falará bem diferente depois que for preso e estiver aguardando execução. Espere e verá". Com essas palavras, ele empurrou o fazendeiro e entrou na cozinha, onde a Sra. Meulenberg estava sentada em uma cadeira, branca como papel.

Uma busca rápida foi feita na cozinha, e até o porão sob a cama foi vasculhado, mas do forasteiro procurado não havia sinal a ser descoberto.

"Você fica aqui e vigia essas pessoas", o xerife instruiu um de seus homens. "Enquanto isso, nós vasculhamos essa casa toda".

Todos os cômodos e mesmo o estábulo do lado da casa foram vasculhados, armários foram arrombados e seus conteúdos lançados fora, mas nada foi encontrado. Finalmente, eles subiram a escada até o sótão.

Cuidadosamente, o xerife examinou o pequeno quarto. "Aquele bandido deve ter dormido aqui", ele murmurou. "É como se eu ainda pudesse sentir o fedor de herege".

Em vão, ele procurou pistas para provar que estava certo. Ele chegou a golpear as paredes, para ver se conseguia encontrar uma passagem secreta, mas não obteve sucesso.

Na cozinha, Sr. e Sra. Meulenberg sentavam-se tensos, escutado cada som. Casper e Martin faziam o mesmo na sobrecâmara.

Eventualmente, o xerife, seguido por seus ajudantes, furiosamente retornou à cozinha. O preocupado casal alegrou-se um pouco ao perceber que seu hóspede não tinha sido descoberto. Eles tinham esperança renovada de que tudo acabaria bem.

Mas o furioso xerife tinha outras ideias.

"O herege não está aqui, mas vocês têm os textos dos hereges em sua casa", ele gritou para o fazendeiro.

O fazendeiro achou que seria sábio não responder. Mas ele ficou chocado quando o xerife colocou a mão em seu bolso interno e tirou um livreto da Verdadeira Confissão Cristã por de Brès. Ameaçadoramente, ele balançou o livro diante dos olhos de Meulenberg. "Na noite de ontem, isso foi encontrado aqui", ele rosnou. "Vocês não percebem que qualquer um que ler ou distribuir esse livro será punido com morte?".

De repente, tudo ficou claro para o fazendeiro. Foi por isso que Simon Roelofs parecia tão satisfeito consigo mesmo quando saiu ontem!

"O que você tem a dizer em sua defesa?", o xerife prosseguiu raivosamente. "Você admite ser um desses hereges?".

O fazendeiro recobrou sua confiança. Ele ficou de pé, e seus olhos vívidos e brilhantes olharam diretamente para os de seu acusador.

"Não", ele respondeu calmamente, "eu não admito isso. Um herege afasta-se da Palavra de Deus, mas eu quero permanecer fiel a tudo da Sagrada Escritura".

"Tolice", explodiu o xerife. "Aquele que não aceita como a verdade o ensino do papa e de seus bispos é um herege".

Por um momento, ele ficou em silêncio. Então, uma expressão dissimulada surgiu em seu rosto. "Meulenberg, eu darei a você e sua esposa mais uma chance porque eu conhecia bem seu pai. Ele era um católico romano convicto. Jure a mim que você odeia os ensinos de Lutero e Calvino e que deseja viver como um filho fiel da Igreja Católica Romana!".

Gotas de suor surgiram na testa do fazendeiro, mas sua voz era firme enquanto ele dava sua resposta. "Por minha salvação, eu não posso fazer tal juramento".

Uma expressão de triunfo surgiu na face do xerife. Abruptamente, ele voltou-se para a esposa do fazendeiro. "E você? Você fará o juramento?".

"Não! Meu Deus me proíbe de fazer isso!", declarou Sra. Meulenberg com igual firmeza.

4

CATIVOS

No cômodo secreto sob o teto, Martin e Casper tiveram alguns momentos bastante angustiantes.

Após a explosão inicial de sons no andar de baixo, eles ouviram muito pouco. Casper observou o ambiente. Eles estavam em uma pequena sala que continha apenas alguns banquinhos para sentar-se. Eles não podiam ficar de pé porque o teto era muito baixo. Junto a uma das paredes havia alguns cobertores. Parecia que alguém tinha dormido neste quarto antes.

Havia muita luz no esconderijo porque imediatamente acima de suas cabeças havia uma janela muito grande. Casper lembrou o que o fazendeiro tinha lhe dito na noite anterior, e ele decidiu primeiro checar as coisas lá fora para ver se poderiam escapar por essa janela, se necessário.

A janela abriu com facilidade. Ele pegou um dos bancos e, sem muita dificuldade, foi capaz de erguer-se e colocar sua cabeça pela abertura. Ele mal havia posto a cabeça para fora quando rapidamente voltou atrás.

"O que há de errado?", sussurrou Martin. Era óbvio que o caixeiro-viajante estava aterrorizado.

"Os soldados estão lá fora guardando a porta. Eu vi dois deles, mas eles não me viram. É impossível escapar pelo teto".

O andar de baixo ficou barulhento de novo. Eles podiam ouvir portas batendo e, ocasionalmente, o som de armários sendo forçados. Subitamente, ouviram passos subindo as escadas.

"Eles estão agora no quartinho", cochichou Martin. Casper assentiu. Ambos oraram silenciosamente para que o Senhor os protegesse.

Vários minutos de tensão se passaram. Então, eles ouviram passos descendo os degraus.

Martin suspirou aliviado. Imediatamente, ele pensou em seus pais. O que aconteceria com eles?

Eles escutaram atentamente, porém, por muitos minutos, mal podiam ouvir qualquer som. Então, de repente, eles ouviram a voz estrondosa do xerife. Ele soava muito contente consigo mesmo, mas Casper e Martin não puderam decifrar o que dizia.

Casper estava pálido como um fantasma. Ele percebeu que as coisas lá embaixo não iam bem, e era insuportável pensar que ele era o motivo de tudo isso. Agora, aquelas duas pessoas que foram tão boas com ele e lhe ofereceram um lugar para dormir talvez fossem feitas prisioneiras ou mesmo executadas.

Ele considerou seriamente sair de seu esconderijo, ir até o xerife e dizer: "Aqui estou. Prenda-me, mas deixe-os livres". Mas ele sabia que isso nunca funcionaria. Assim o xerife teria a prova que precisava contra o Sr. e a Sra. Meulenberg. Não haveria dúvida de que desse jeito todos eles seriam levados e mortos.

A tensão não continuou por muito tempo. O som das vozes ficou mais claro. Martin ouviu sua mãe gritar, e seu rosto perdeu a cor.

Novamente, Casper abriu a janela. Agora, era mais fácil ouvir o que estava acontecendo porque a porta da cozinha foi aberta.

Novamente, a voz retumbante do xerife podia ser ouvida.

"Algeme-os e leve-os. As autoridades saberão o que fazer com esses hereges. Nós encontraremos o filho deles em um dia ou dois. Se ele quiser ser obstinado, terá a mesma sorte de seus pais. Se cooperar, nós o enviaremos a um monastério onde ele aprenderá a ser um bom católico romano".

Os dois assistentes riram como se o xerife tivesse dito algo engraçado. Pouco tempo depois, a porta foi fechada.

Martin já não conseguia controlar-se. Lágrimas escorriam por suas bochechas, e ele chorou copiosamente. Preocupado, Casper rapidamente levantou e fechou a janela. Aqueles homens perversos ainda estavam tão próximos que era possível que ouvissem o barulho. O caixeiro também estava chateado com o que havia acontecido, e lágrimas também reluziam em seus olhos.

Depois de alguns instantes, ele se recompôs. Novamente, abriu a janela e levantou-se apenas o suficiente para poder observar o chão abaixo.

O que observou não era uma vista agradável. Ainda próximos à fazenda, Sr. e Sra Meulenberg caminhavam pela estrada da represa. Suas mãos estavam amarradas por trás das costas, e um soldado segurava a corda. O xerife montou orgulhosamente seu cavalo, e os outros seguiram, rindo e jactando-se.

Em seu desânimo pelo que acontecia, Casper permitiu-se sair da janela mais do que deveria. Felizmente, o xerife e seus assistentes nunca olharam para trás. Parecia que o fazendeiro conseguia sentir os olhos de Casper atrás de si, e ele virou-se para olhar. Por apenas um segundo, seus olhos se encontraram. Eles ainda estavam tão perto que Casper sentiu que podia ler uma mensagem de súplica neles: "Por favor, cuide do meu filho!".

Imediatamente, o fazendeiro virou-se de volta para não revelar o que tinha visto. O soldado que segurava a corda já havia percebido que o fazendeiro olhara para trás, e ele golpeou-lhe nas costas. "Olhe para frente, seu herege maldito!", ele gritou. "De qualquer jeito, essa sua fazenda logo pertencerá a outra pessoa!".

Casper sentia-se miserável enquanto abaixava-se novamente. Martin ainda chorava alto. O vendedor tentou controlar-se e sentou ao lado do jovem rapaz. Animando-o, colocou a mão sobre a cabeça de Martin e disse: "Calma, meu garoto. Nós pediremos a Deus por libertação, e também veremos se há alguma coisa que possamos fazer para resgatar seus pais".

Lentamente, Martin começou a acalmar-se. Quando Casper colocou-se de joelhos, Martin ajoelhou ao seu lado. Fervorosamente, o comerciante orou a Deus, suplicando-Lhe que protegesse e ajudasse os pais de Martin.

Os dois sentiram-se mais calmos depois de orarem. Casper abriu o alçapão e, deixando a mochila no esconderijo, eles desceram a escada de cordas que escalaram um pouco antes. Silenciosamente, eles engatinharam pelo túnel até que estivessem novamente no quarto. Procuraram cuidadosamente por algum ruído. Como não ouviram nada, decidiram arriscar-se descendo a escada.

Ficaram perplexos ao ver a bagunça e a desordem. Cada armário e gaveta tinham sido forçados, e seus conteúdos estavam espalhados por toda a casa. Mesmo a arca maravilhosamente esculpida tinha sido aberta, embora a gaveta secreta não tenha sido encontrada.

Eles arrumaram o pior da bagunça, sentindo-se completamente desencorajados. Casper parecia estar perdido em pensamentos. Quando terminaram, ele disse para Martin: "É hora de discutirmos o que devemos fazer. Não podemos ficar aqui porque o xerife ou seus assistentes logo estarão de volta à sua procura. Então, eles nos pegarão também".

Martin concordou. As últimas palavras ditas pelo xerife foram claras o suficiente!

Casper continuou: "Nós teremos de fugir e, se seus pais não forem libertados, eu cuidarei de você como se fosse meu próprio filho. Mas eu não quero deixar a vila até que tenhamos feito tudo o que pudermos para ajudá-los a escapar. Você sabe onde eles serão presos?".

Martin não precisou pensar muito. "Eles devem estar indo para a torre. É o único lugar onde prisioneiros são mantidos".

"É fácil escapar de lá?".

Infelizmente, o garoto sacudiu sua cabeça. "Parece impossível para mim. As paredes são muito grossas e a porta é reforçada com ferro!".

"Você não deveria pensar tão rápido que as coisas são impossíveis. Na Antuérpia, nós libertamos muitas pessoas que foram trancafiadas em lugares bem mais seguros que esse!".

Por um momento, o caixeiro olhou para frente. Então, perguntou: "Seus pais têm um amigo de confiança que estaria disposto a ajudar-nos?".

O rosto de Martin iluminou-se. Por que ele não tinha pensado nisso?

"Boudewyn, o ferreiro! Ele é protestante e gosta muito dos meus pais".

"Ele mora nessa vila?".

"Não, ele mora bem longe daqui. É uma caminha de pelo menos duas horas".

"Não importa. Não podemos tentar libertá-los durante o dia, afinal. Então, temos tempo".

Na hora seguinte, eles diligentemente prepararam-se para a viagem. Pegaram vários frascos de leite e um pouco de pão, e os colocaram em uma mochila. A Bíblia e o livro contendo a confissão de fé foram retirados da gaveta secreta e levados ao esconderijo. Haveria menos chance de eles serem encontrados lá caso alguém voltasse e vasculhasse novamente a casa.

5

PLANOS DE FUGA

Casper e Martin estavam finalmente prontos. Não era seguro ficar muito tempo na fazenda porque a possibilidade de serem avistados crescia a cada momento que passava. Pessoas regularmente andavam em volta da represa, e alguém poderia aparecer a qualquer momento.

Eles esperaram até não verem ninguém em uma das direções em torno da represa e, então, saíram. Era um belo dia de verão. Os pássaros voavam no céu azul claro, cantando alegremente.

Martin, que precisou ir à frente, escolheu um caminho estreito entre os campos de trigo porque era menos provável que encontrassem alguém por lá. Casper tinha deixado sua bagagem pesada no esconderijo para que pudessem andar mais rápido. Ainda assim, o avanço era lento. Muitas vezes, eles tinham de agachar porque os fazendeiros estavam trabalhando em seus campos. Em um momento, eles precisaram esconder-se rapidamente no trigo porque alguém caminhava na direção deles. Em outra ocasião, esperaram muito tempo antes de arriscarem cruzar uma campina ampla e aberta onde não havia lugar para se esconder.

Assim, foram muitas horas até chegarem a seu destino. Eles se aproximavam da outra vila, e Martin apontou para uma pequena construção com uma chaminé preta que era claramente visível de onde caminhavam.

"Essa é a oficina de Boudewyn", ele disse. "Sua casa é bem perto dela".

"Há outras pessoas na casa dele?".

"Não, Boudewyn não é casado. Há dois anos, sua mãe idosa morreu e, desde então, ele prepara suas próprias refeições. Há uma boa chance de que o encontremos sozinho".

"Muito melhor", Casper respondeu satisfeito. "A última coisa que precisamos é de mais gente barulhenta".

Cuidadosamente, eles continuaram andando. Quando se aproximaram da vila, mais uma vez ficou difícil permanecer despercebidos. Casper deslizou para uma vala seca, com Martin logo atrás. Engatinhando, eles continuaram até estarem diretamente atrás da horta de Boudewyn, que era rodeada por uma grande cerca viva.

Felizmente, eles encontraram um pequeno buraco na cerca, grande o bastante para rastejarem para dentro. Eles podiam continuar escondidos, protegidos de um lado pela cerca e, do outro, por groselheiras.

O som de marteladas vinha da oficina. Quando parou, eles ouviram uma conversa.

"Parece que Boudewyn tem um cliente", sussurrou Martin. "Vamos para a casa dele e o esperamos lá".

Chegaram à porta dos fundos despercebidos e abriram-na silenciosamente. Não havia ninguém na casa, exceto um grande gato preto que parecia assustado quando eles entraram, mas que logo continuou a limpar-se.

Casper observou o ambiente com assombro. O ferreiro obviamente gostava de ter um lugar arrumado, pois mesmo que não tivesse uma esposa, a casa era limpa e organizada. Havia também muitos itens mostrando que ele conhecia bem seu ofício. A armadura brilhante de um cavaleiro ficava em um canto e, pendurado na parede, uma prateleira exibia muitas chaves e armas ornamentais.

Martin viu o olhar de assombro no rosto do amigo, e isso o fez sentir-se bem. "Boudewyn é o melhor ferreiro de toda a região", ele cochichou orgulhosamente. "Ele pode fazer qualquer coisa!".

"Isso nos ajudaria muito! Eu espero que ele venha logo".

O desejo deles tornou-se realidade porque logo eles ouviram uma despedida e, então, a porta para a oficina foi fechada. Boudewyn permaneceu ali por uns momentos mais e, então, também saiu e foi para casa.

Casper tinha recuado para um canto escuro da sala a fim de que o ferreiro não o visse imediatamente. Ele o observou com grande interesse. Boudewyn era um homem forte e grande, quase uma cabeça mais alto que a maioria das pessoas. Suas mangas estavam arregaçadas, com seus braços sólidos e musculosos destacando-se. Cabelos grisalhos começavam a aparecer em sua barba escura e ondulada.

Seu tamanho excepcionalmente grande e sua barba negra seriam uma visão aterrorizante se não fosse por seus olhos vívidos e claros que imediatamente inspiravam confiança. Esses olhos arregalaram-se surpresos ao verem o filho do fazendeiro.

"Ora, ora, Martin Meulenberg, o que te trouxe aqui tão de repente? Não há nada errado em casa, há?".

Martin queria contar-lhe o que havia acontecido, mas suas emoções o derrotaram. Ele lutou para impedir as lágrimas de caírem. Naquele momento, Boudewyn percebeu o estranho, e sua atenção foi momentaneamente dispersada. Com suspeita, ele observou Casper, que se aproximou.

"Por favor, perdoe-me por entrar em sua casa sem sua permissão", disse o caixeiro-viajante. "O filho de seu amigo me guiou até aqui, e tivemos de entrar furtivamente por causa do perigo iminente".

"Alguém trazido aqui por um amigo é sempre bem-vindo. Por favor, sente-se e conte-me que perigo é esse de que você fala". Com essas palavras, ele puxou outra cadeira.

Casper sentou e, em poucas palavras, explicou o que tinha acontecido na fazenda Meulenberg. A face desgastada de Boudewyn empalideceu ao ouvir que seus amigos foram presos.

"Isso não parece bom. O xerife é um homem cruel e, uma vez que essas pobres pessoas estão nas mãos dele, eu não tenho muita esperança por suas vidas".

Quando Martin ouviu essas palavras, rompeu-se em lágrimas. Casper suplicou com urgência: "Nós viemos aqui discutir com você se haveria alguma maneira de libertarmos Sr. e Sra. Meulenberg. É mais que provável que eles estejam trancados na torre da vila".

"Pode não ser fácil e certamente haverá perigo", o ferreiro respondeu. "Mas, se há alguma chance, devemos tentar. Além disso, libertá-los não será o bastante. Será preciso ajudá-los a fugir do país também".

Casper assentiu. "Como milhares têm feito nos últimos meses. Exílio é algo ruim, mas você conhece o provérbio que, hoje em dia, é citado com demasiada frequência:

É melhor ser pedinte em uma terra estrangeira
Que ficar e ser queimado ou enforcado!"

O ferreiro e o vendedor aproximaram suas cabeças e continuaram a falar em voz baixa. Aparentemente, eles pensavam que seria melhor se Martin não ouvisse todos os planos que faziam. O jovem entendeu que seus amigos fariam uma tentativa de libertar seus pais, e isso o confortou.

O grande gato preto aproximou-se dele. Roçou em suas pernas e, então, pulou em seu colo, onde se aconchegou, contente.

O relógio batia. Boudewyn e Casper passaram muito tempo discutindo e fazendo planos. Então, eles saíram de casa e foram para a loja. Meia hora depois, quando retornaram, ambos pareciam satisfeitos e determinados. Obviamente, eles tinham desenvolvido completamente seus planos, e agora estavam prontos e confiantes.

"É melhor comermos bem primeiro", Boudewyn disse. Ele foi até o armário e trouxe pão, queijo, carne e muito leite. Colocou tudo sobre a mesa.

A princípio, Martin pensou que jamais conseguiria engolir qualquer coisa, mas assim que começou a comer, ficou surpreso em descobrir quão faminto estava. Os outros também comeram com vontade.

Enquanto se alimentavam, não discutiam mais seus planos. Em vez disso, Casper contou sobre os acontecimentos nos Países Baixos e suas experiências como vendedor-ambulante de vários produtos e livretos reformados. O tempo passou muito rápido, e logo começou a escurecer.

"Acho que está na hora", Boudewyn disse. "Primeiro, eu vou sair e verei se consigo pegar emprestados um cavalo e uma carroça de um vizinho amigo que também é reformado. Esperem aqui por mim. Eu pretendo voltar logo".

Ele saiu de casa enquanto seus hóspedes ficaram lá, esperando ansiosamente. Agora, parecia que o tempo caminhava muito mais lentamente, pensou Martin. Ele não arriscou perguntar para Casper quais eram seus planos.

Meia hora depois, escutaram alguns ruídos do lado de fora. Quando olharam pela janela, eles viram, na penumbra, uma carroça carregada de feno aproximando-se pela estrada da vila. Um cavalo vigoroso, conduzido por um fazendeiro grande e forte, puxava a carroça.

Martin parecia surpreso. Então, de repente, ele reconheceu o fazendeiro. "Era Boudewyn! Ele se disfarçou todo!". De fato era o ferreiro, que vestira roupas de fazendeiro. Ele levou o cavalo e a carroça para os fundos da casa e, obviamente, entrou com bom humor. "Pronto, está tudo arranjado. Em poucos minutos, podemos partir".

Subitamente, ele ficou sério. Virou para Casper e perguntou: "Você ora por nós e pede que Deus abençoe nossa empreitada?". Casper concordou, e os três ajoelharam-se enquanto Casper liderava em oração, pedindo proteção e auxílio de Deus.

Boudewyn tinha estacionado o carro de uma forma que ele não poderia ser visto da estrada da vila. Além disso, estava quase escuro agora e dificilmente havia alguém nas ruas. Assim, era muito fácil para eles esconderem várias coisas sob o feno sem ninguém perceber. Levaram consigo ferramentas, um grande molho de chaves e armas, apenas no caso de elas serem necessárias.

Quando tudo estava guardado com segurança, Casper e Martin esconderam-se no feno. O ferreiro cuidadosamente checou para certificar-se de que nada parecesse suspeito. Então, ele fechou a porta e subiu na caixa.

Um leve puxão nas rédeas era tudo o que o cavalo precisava para começar a caminhar. Rangendo, a carroça deslizou pela estrada. Se alguém os visse, pensaria que era apenas um fazendeiro retornando de seu campo com um carregamento de feno.

6

A TORRE

Martin e Casper deitaram-se próximos um do outro, suas cabeças voltadas para fora. Boudewyn arrumara o feno de um jeito que eles podiam ter bastante ar fresco enquanto continuavam imperceptíveis.

A carroça sofria solavancos e balançava, e Martin começou a sentir-se sonolento. Neste horário, ele habitualmente estava na cama; assim, lutou para ficar acordado, tentando não perder nada. Não funcionou. Logo, ele dormia profundamente. Deve ter passado algum tempo até acordar. No começo, ele não tinha certeza do que lhe despertara, mas, então,  percebeu que a carroça já não se movia.

Ele despertou com o som de passos nas proximidades. Então, com nada além de um sussurro, o ferreiro disse: "Nós estamos perto da vila. A carroça está bastante segura aqui. Vou ver qual é a situação perto da torre".

O som de seus passos ficou mais fraco. Martin cuidadosamente afastou o feno de forma que houvesse uma pequena abertura pela qual ele pudesse observar. Não estava tão escuro quanto esperava. A lua tinha surgido, e sua luz reluziu nos telhados da vila. A esta distância, ele podia claramente ver o topo da torre onde seus pais provavelmente estariam presos.

Enquanto isso, Boudewyn caminhou o mais rápido possível até o centro da vila. A vila jazia em trevas. Entretanto, enquanto passava pela taverna, ele ouviu conversas e risadas.

Ao aproximar-se da torre, diminuiu seu ritmo. Posicionando-se cuidadosamente na sombra das casas, ele prosseguiu até alcançar uma grande casa com um amplo toldo, onde ele tinha uma boa vista da torre.

A lua havia desaparecido atrás de uma nuvem e, quando ela reapareceu pouco depois, Boudewyn ficou assustado com o que viu. Dois soldados armados guardavam a grande porta da torre!

Sem um ruído, ele voltou para a carroça. Ele tinha visto o bastante. Seu rosto mostrava grande preocupação. Quando chegou à carroça, contou aos dois passageiros escondidos o que tinha visto.

Casper e Martin perceberam imediatamente que a situação parecia difícil. Todavia, Casper nem mesmo considerou abandonar seus planos de liberar seus novos amigos. "Nós temos armas conosco", ele disse. "Não poderíamos tentar dominar os soldados?"

"Talvez nós pudéssemos", respondeu Boudewyn, "mas certamente eles soarão o alarme se fizermos isso. Além disso, a luta resultará em tanto tumulto que os amigos do xerife virão correndo em seu auxílio. Lembre-se, nós também temos de abrir as portas da torre".

Não houve discussão quanto a isso. Deitado, Casper quietamente pensava, e, subitamente, Martin sentiu-se muito triste outra vez. Será que tudo fracassaria?

Então, para seu repentino espanto, eles ouviram o ferreiro rir silenciosamente. "Eu tive uma ideia", ele balbuciou. "Se você não é forte, deve ser esperto. Escondam-se muito bem de novo e não façam qualquer barulho".

Sob a luz da lua, ele procurou alguma coisa na estrada, pegou algo, e mexeu em um dos cascos do cavalo. Então, subiu novamente na carroça e, mais uma vez, eles seguiram.

Os dois soldados, Garret e Joris, montavam guarda em frente à torre. Eles não eram nada parecidos. Joris era louro, muito alto e magro. Garret era baixo e corpulento. Ambos eram soldados ásperos e implacáveis que entendiam bem seu trabalho. Naquela noite, eles tinham outra coisa em comum: os dois estavam de mau humor.

"Ótimo trabalho!", resmungou Garret, enquanto movia-se para frente e para trás, "ficar nesse lugar desamparado montando guarda em frente a uma torre sem algum inimigo em quilômetros. É trabalho para dois bravos soldados que serviram sob o brilhante Van Egmond? Que aquele xerife miserável cuide de seus próprios problemas!".

Seu companheiro alto concordou. "Você está certo, Garret. Eu também preferiria estar com nossos amigos no bar. Não há como o fazendeiro e sua esposa escaparem. O xerife parece estar preocupado que esse herege perigoso, Nicholas Borgerhout, ainda esteja na área e tente libertar seus amigos. Bem, ele terá de ser mágico para fazer isso!".

"Nem me fale sobre mágica!", retrucou Garret, enquanto rapidamente fazia o sinal da cruz. "Com certeza esses hereges têm conexões com o diabo. Eu já vi muitos deles cantando enquanto são queimados na estaca. Para mim, isso exige poderes sobrenaturais".

Naquele momento, uma carroça cheia de feno surgiu na rua principal. O cavalo moveu-se lentamente, e o fazendeiro, um homem forte e robusto, arrastou-se ao lado dele. Aparentemente, ele estava muito cansado.

Os soldados não tinham visto ninguém por mais de uma hora e estavam entediados Eles ficaram felizes com a distração e observaram com interesse a carroça que se aproximava.

"Há algo errado com aquele cavalo", disse Joris. "Está mancando!".

Agora eles podiam ouvir também a voz do fazendeiro, que tentava apressar seu cavalo. Mas seu estímulo não trouxe resultado. O cavalo começou a mancar ainda mais; ele caminhava muito devagar.

O fazendeiro estava tão ocupado tentando fazer seu cavalo acelerar que nem mesmo notou os soldados. Quando ele chegou muito perto da torre, Joris deu um passo adiante. Com uma voz firme, gritou: "Alto!".

Alarmado, o fazendeiro parou seu cavalo. O soldado agradou-se do desconforto que causou no estúpido fazendeiro e, com a mesma voz firme, perguntou: "Ei, idiota, porque você está andando pela estrada tão tarde da noite, e por que você deixa esse cavalo manco puxar a carroça?".

O fazendeiro juntou suas mãos em desespero. "Ah, queridos oficiais, nada senão infortúnios me perseguem. Já era tarde quando eu carreguei a carroça, e, então, no caminho de casa, meu cavalo subitamente ficou aleijado! Ele não quer mais seguir adiante!".

"Puxe o carro você mesmo, então. Um cavalo vale muito mais que um caipira vagabundo como você!", estalou Garret.

De repente, o fazendeiro pareceu entender. "Vocês são cavaleiros?", ele perguntou esperançosamente. "Eu posso perceber pela maneira como vocês falam sobre cavalos. Um lanceiro sabe mais sobre cavalos que uma centena de fazendeiros. Talvez vocês possam me dizer o que há de errado com meu pobre animal!".

Ele rapidamente ocupou-se de tirar uma lanterna da carroça e, com a ajuda de uma estopa, acendeu a vela. Então, segurou a lanterna próximo à perna ferida do animal.

As palavras do fazendeiro agradaram os soldados. Eles não estavam preocupados com os problemas do fazendeiro, mas com o bem-estar do cavalo. Pelo menos aquilo era interessante.

Garret cuidou da perna. Enquanto o fazendeiro segurava a lanterna, Joris inspecionou o casco.

Não demorou muito para que encontrasse a causa da dor do cavalo. Uma pedra pequena e afiada estava incrustada no casco e cortava a carne do animal.

Enquanto rudemente xingava o fazendeiro, Joris soltou a pedra e a removeu.

"Aí está, seu idiota. Seu cavalo está melhor. Espero que você saiba que esse serviço não é de graça!".

"É claro, caros senhores. Eu certamente agradeço sua ajuda. Aqui está uma gorjeta. Eu percebi que a taverna ainda está aberta. Boa noite!".

Com essas palavras, ele soltou uma moeda de prata na mão do soldado, tomou as rédeas do cavalo, e seguiu em frente.

Os soldados ficaram satisfeitos ao notarem que o cavalo conseguia caminhar normalmente outra vez.

Garret olhou para a moeda de prata em sua mão. "Esse sujeito deve estar bem de vida. Eu não me importaria de ver se ele tem um pouco mais em seus bolsos, porque estou falido".

"Isso é muito perigoso. Esse imbecil provavelmente começaria a gritar e fazer barulho. Com certeza, ele era um idiota!".

Joris teria pensando diferente se tivesse visto o que aquele "idiota" estava fazendo. Ele levou o cavalo até uma pista quieta. Em um local aberto, com alguns arbustos próximos, parou o cavalo. Ele rapidamente sussurrou algumas palavras e, protegido pela escuridão, cuidadosamente engatinhou de volta até que estivesse perto o bastante para ouvir o que os soldados estavam dizendo.

Os soldados eram tempestuosos e falavam alto na quieta solidão da noite. Era fácil escutar o que eles diziam.

"Absurdo!", disse Garret. "Amanhã, nós sairemos de novo para procurar aquele herege, e nunca veremos o xerife de novo. Além disso, quem vai contar a ele que deixamos nosso posto por uma hora? Com certeza, nossos amigos sabem que é melhor não dizer nada. Vamos! Serão umas poucas cervejas e risadas!".

"Você tem certeza que deveríamos fazer isso?", hesitou Joris. "Guardas que deixam seus postos são severamente punidos".

"Não se preocupe. Não é tempo de guerra e, além disso, o xerife não é nosso capitão. Se formos agora, estaremos de volta em uma hora. Minha garganta está seca".

"Tudo bem, então, mas lembre-se: somente por uma hora!"

Os dois soldados deixaram seu posto e correram em direção à taverna.

7

LIBERDADE

Boudewyn escutou com grande suspense. Então, ele correu de volta até a carroça sem fazer barulho. "Funcionou!", disse satisfeito. "Aqueles dois foram para o bar. Nós temos uma hora para trabalhar sem incômodos".

Em poucos segundos, Casper e Martin tinham rastejado de debaixo do feno e limpavam-se. O ferreiro pegou o molho de chaves e várias ferramentas, e eles rapidamente chegaram à torre.

Uma por uma, testaram as chaves. Depois de alguns minutos, o ferreiro encontrou uma que encaixava. Ele soltou um suspiro aliviado quando a pesada porta rangeu aberta.

Depois de trancar a porta atrás deles, viram-se em uma sala completamente escura, cheirando a mofo.

Felizmente, eles tinham trazido uma lanterna. Quando Boudewyn a acendeu, puderam observar o ambiente. Ele parecia ter pensado em tudo, porque agora apanhara um pano escuro. Com isso, cobriu a janela na porta da torre para que nenhuma luz pudesse passar por ela.

Eles viram uma escada de pedras íngreme até a porção superior da torre, mas estavam mais interessados nas três portas das celas que estavam imediatamente à frente deles. Todas as três pareciam trancadas, e não havia chaves em lugar algum!

"Isso pode se mostrar um aborrecimento", o ferreiro resmungou. "É possível que precisemos forçar todas". Enquanto Casper fornecia a luz, Boudewyn testou as chaves de seu molho e, logo, conseguiu a primeira porta aberta. Um cheiro ainda mais mofado os saudou, mas a cela estava vazia.

Com muito esforço, eles conseguiram destrancar a segunda cela, mas também estava vazia. Eles não estavam prontos para desistir, no entanto. Estavam certos de que seus amigos deviam estar aqui. Boudewyn agora testava suas chaves na última porta, mas nenhuma servia.

Irritado com o revés repentino, ele largou o molho de chaves e pegou o pé de cabra. Ele o colocou entre a porta e o umbral, e tentou forçar uma abertura, mas mesmo com a ajuda de Casper e Martin, ela não se moveu.

"Então, eu precisarei limar a fechadura", lamentou Boudewyn. "Nenhuma fechadura pode resistir a isso, mas tomará um tempo precioso".

Ele pegou uma pequena garrafa de óleo e uma lima fina, e começou a enfadonha tarefa. Com sons suaves de afiação, esfregou a lima sobre a língua de ferro da fechadura.

Quando descansou por um segundo, eles ouviram o ruído de uma corrente na cela, e uma voz bradou: "Quem está aí?".

Era a voz do Sr. Meulenberg! Martin não conseguia mais conter-se. Quase em lágrimas, ele gritou: "Papai, querido Papai, Mamãe está aí também?".

Uma exclamação de surpresa foi a resposta. Agora, eles também ouviam a voz da Sra. Meulenberg. Aparentemente, os dois foram trancados juntos. O barulho na porta os despertou de seu sono.

Não havia tempo para conversar agora. Boudewyn pôs suas mãos ao redor do buraco da fechadura e, com apenas um sussurro, disse: "Vamos tentar libertá-los, mas não temos tempo a perder. Procurem ficar o mais calmos que conseguirem".

Novamente, ele começou a limar. O tempo corria, e a tensão começava a crescer. O ferreiro trabalhava tão rápido quanto podia, mas sempre que aproximava a lanterna da fechadura para ver como as coisas iam, parecia que ele tinha feito pouco avanço. Casper tinha oferecido assumir o trabalho algumas vezes, mas Boudewyn balançava sua cabeça e, resolutamente, prosseguia limando.

Depois de um tempo considerável, ele disse: "Eu estou chegando lá, mas é possível que os soldados retornem antes de estarmos prontos. Casper, você se importa de vigiar? Você pode obter uma boa vista da estrada para a taverna da primeira torre".

Casper assentiu e subiu a escada de pedra até o primeiro andar, mas a pequena porta que levava adiante estava trancada. Felizmente, havia uma pequena janela com barras que também tinha uma vista para o bar. Esta era a única construção em toda a vila que ainda tinha alguma luz acesa. Isso facilitou para Casper descobrir se algo estava acontecendo lá.

Ele ficou ali por aproximadamente cinco minutos, quando a porta da taverna abriu. Um grande raio de luz brilhou pela rua, e os dois soldados saíram.

Alarmado, ele deu as más notícias para o andar de baixo. Calmamente, Boudewyn respondeu: "Eu estou quase pronto. Talvez nós ainda consigamos. Tente manter o olho neles e nos avise quando eles chegarem realmente perto". Então, ele apressadamente continuou seu trabalho.

O mercador tentava vigiá-los da melhor forma possível. A lua ainda brilhava vividamente, e isso ajudou. Junto com suas lanças, cada soldado carregava uma moringa em suas mãos. Eles gradualmente aproximaram-se da torre e, pela forma como cambaleavam, ficou claro para Casper que eles beberam mais que apenas uns copos de cerveja.

Apenas mais alguns movimentos com a lima, e a fechadura estava aberta.

Naquele momento, Casper desceu a escada e disse: "Se fugirmos pela porta agora e rapidamente desaparecermos pela esquina da torre, ainda podemos escapar despercebidos. Em dois minutos será tarde demais".

"Veremos", disse Boudewyn, enquanto rapidamente abria a porta da cela. Com a luz da lanterna, eles viram o Sr. Meulenberg e sua esposa sentados no chão. Mas suas mãos e pés estavam acorrentados! O xerife não se esqueceu de nada em sua tentativa de atormentá-los.

Martin correu até seus pais. A emoção de ver um ao outro novamente era quase demais para eles. O ferreiro os alertou a ficarem quietos porque neste ponto qualquer ruído poderia ameaçá-los. Então, todos eles estariam em apuros.

A situação era extremamente crítica. Era impossível abrir as correntes rapidamente. Embora Boudewyn tivesse conseguido destrancar os grilhões dos pés, ele foi incapaz de abrir suas algemas.

Nesse meio tempo, os soldados tinham retornado ao seu posto. Eles estavam semiembriagados e não tinham ideia do que estava acontecendo dentro da torre. Casper, que estava atrás da porta, podia ouvir claramente o que eles estavam dizendo.

Garret tomou um drinque de sua moringa de uísque, estalou os lábios e disse, contente: "Aquele taverneiro certamente é um unha de fome, mas pelo menos ele não dilui suas bebidas com água. Devemos conseguir passar a noite com essa garrafa. Ha! Ha! Se aquele xerife soubesse que nós escapamos por uma hora!".

Joris riu em concordância e serviu-se de bebida também.

Enquanto isso, Boudewyn fez o que podia para abrir as algemas dos prisioneiros. Limá-las teria demorado demais e, além disso, o barulho poderia alertar os soldados. Ele pegou um par de pinças. Com muito cuidado para não ferir os pulsos deles, ele tentou abrir as algemas. Por ser muito habilidoso e extraordinariamente forte, Boudewyn foi capaz de abrir os dois pares.

"Papai, Mamãe, vocês estão livres", sussurrou Martin com um suspiro de alívio.

"Nós ainda não estamos tão longe", murmurou Boudewyn. "Esses soldados ainda podem mostrar-se um obstáculo real".

Na ponta dos pés, ele foi até a porta de entrada, apagou a lanterna, e removeu o pano que havia anteriormente pendurado sobre a janela.

Ele podia ver os dois soldados claramente. Garret estava tomando outro trago de sua moringa. A partir de suas conversas, era fácil perceber que agora eles estavam bastante bêbados.

Casper, enquanto isso, descobrira dois sacos vazios sob a escada e os pegou. Silenciosamente, eles voltaram para a cela dos Meulenbergs. Em vozes baixas, gastaram os próximos minutos discutindo como deveriam escapar da torre agora que os soldados estavam de volta a seu posto.

Boudewyn finalmente anunciou: "Bem, eu acho que a situação está clara para todos nós, e todos entendemos qual é nossa tarefa".

As portas das duas outras celas estavam mais uma vez abertas. Sra. Meulenberg tinha a chave da primeira porta, e Martin tinha a chave da outra. Boudewyn e Casper pegaram cada um dos sacos vazios, enquanto Sr. Meulenberg ficou a postos para abrir a porta da torre. Boudewyn olhou para fora da janela por um segundo e disse em um sussurro: "Agora!".

Tudo aconteceu muito rápido. Sr. Meulenberg abriu a porta, e Boudewyn e Casper saltaram para fora. Antes que os soldados soubessem o que estava acontecendo, foram agarrados por trás e os sacos atirados sobre suas cabeças. Eles gritaram em terror e fúria, mas os sacos ajudaram a abafar seus sons.

Debaixo de um dos braços, o forte ferreiro carregou um agitado Garret até a torre, como se ele fosse uma criança. Em sua outra mão, levava a garrafa de uísque. Ele jogou o soldado bruscamente em uma cela vazia, colocou a moringa ao lado dele e saiu novamente. Martin trancou imediatamente a porta da cela.

Enquanto isso, Casper e Sr. Meulenberg fizeram o mesmo com Joris. Era mais difícil para eles porque não eram tão fortes quanto o ferreiro, mas, em conjunto, eles conseguiram.

Tudo isso aconteceu sem uma palavra ser dita. Somente os gritos abafados dos soldados perturbaram momentaneamente o silêncio. Eles nunca souberam quem os atacou porque na hora em que finalmente conseguiram sair de seus sacos, estavam trancados em celas separadas. Seus atacantes tinham desaparecido.

"Agora, vamos sair rápido daqui", disse Boudewyn, que, nesse tempo, pegara suas chaves e as ferramentas. Eles rapidamente deixaram a torre e cuidadosamente fecharam a porta atrás deles. Os gritos e golpes dos soldados agora eram ouvidos apenas vagamente.

"Isso não oferece perigo", disse Casper, satisfeito. "Esses bravos guerreiros logo procurarão conforto em seu jarro de uísque. Dentro de uma hora, eles dormirão profundamente".

O grupo de cinco pessoas rápida e quietamente chegou até onde a carroça estava. A lua estava escondida atrás das nuvens, assim, eles corriam menos risco de serem vistos.

Boudewyn desamarrou o cavalo dos arbustos e subiu na caixa, enquanto os outros esconderam-se no feno. Então, eles rapidamente cavalgaram pela estrada que conduzia à fazenda Meulenberg. Quando deixaram a vila para trás, os quatro sob o feno arrastaram-se para frente, a fim de conseguir um pouco de ar fresco. Não havia perigo de eles serem vistos nessa estrada solitária.

Enquanto o cavalo calmamente os puxava, eles discutiam que outros planos deveriam fazer.

Uma coisa estava clara: os prisioneiros libertados teriam de sair dessa área o mais rápido possível. O fazendeiro só queria ir para casa por um momento para pegar alguns poucos pertences. Casper também deveria desaparecer do distrito.

Mas a situação era diferente para Boudewyn. Ele nunca tinha incomodado ninguém de sua vila. Como a fuga tinha acontecido sem problemas, ele queria voltar para casa ainda aquela noite, devolver o cavalo e a carroça ao seu dono, e continuar como antes como ferreiro.

O fazendeiro e sua esposa agradeceram ao operário e ao caixeiro por todo o afã que eles passaram para libertá-los, mas os dois não queriam saber disso. O vendedor lembrou-lhes que foi porque eles tinham lhe oferecido uma hospitalidade tão calorosa que suas vidas foram colocadas em perigo. Agora, eles teriam de deixar a casa e a terra por causa dele. No que lhe dizia respeito, o ferreiro riu, despreocupado. Ele explicou que era parte de seu trabalho abrir portas e romper correntes, e que ele nunca tinha feito isso com tanto prazer quanto naquela noite.

A carroça aproximava-se da fazenda todo esse tempo. A noite estava passando velozmente e a lua tinha se posto, mas as estrelas ofereciam luz suficiente para eles seguirem na estrada.

Seus corações estavam cheios de gratidão. Deus tinha ouvido suas orações e, mais uma vez, tinha lhes dado a liberdade. Ele não os deixaria agora com os perigos que ainda os aguardavam.

Naquele momento, eles não tinham ideia de quão próximos os perigos estavam.

8

UM INTRUSO

Na alvorada cinzenta, um homem rondava a fazenda Meulenberg. Ele moveu-se com cautela, escutando pelas janelas. Cuidadosamente, verificou se havia algum sinal de vida dentro da casa. Quando ficou convencido de que estava deserta, ele caminhou até a porta e levantou o trinco.

A porta abriu com facilidade. Um sorriso maligno atravessou a face do intruso quando ele adentrou. "Deve ser seguro", murmurou suavemente. "Se alguém estivesse em casa eles teriam trancado a porta. Todavia, é melhor ser cuidadoso".

Sem fazer qualquer ruído, ele caminhou pela casa. Na cozinha, parou em pé, escutando cuidadosamente. Ele estava preparado para correr se necessário. Mas não precisava ficar preocupado. Ninguém estava em casa.

Agora que tinha certeza de que estava sozinho, ele perdeu a cautela. Pegou a lâmpada de óleo da mesa da cozinha e a acendeu com ajuda de sua pederneira. A luz brilhou através do ambiente e também iluminou o rosto do intruso. Era o rosto astuto e desonesto de... Simon Roelofs!

"Maravilha!", ele sussurrou, procurando encorajar-se. "Agora eu posso examinar melhor o local. Preciso me familiarizar mais com essa casa já que vou me mudar para cá logo que puder!". Sorriu rudemente, como se tivesse acabado de contar uma piada.

Ele caminhou com a lanterna até um dos armários e o abriu. Com suas mãos, revistou o que havia dentro. "Ora bolas, apenas roupa de cama. Bem, eu sempre posso usar algumas das melhores peças". Ele examinou os itens e fez uma pilha de coisas que gostaria de levar consigo. Então, caminhou até o próximo armário, vasculhou e novamente pegou coisas diferentes. Embora sua pilhagem continuasse a crescer, seu rosto já não parecia tão feliz.

"Dinheiro, eu tenho que encontra dinheiro", ele sibilou. "Prata, ouro! Tenho certeza de que Meulenberg tinha uma pequena fortuna, e eu preciso encontrá-la".

Febrilmente, ele continuou sua busca, falando consigo mesmo para amenizar sua inquietação.

"Eu sou o acusador, e o que eu fiz foi correto. O sacerdote, o xerife e mesmo o rei nos mandaram fazer isso. Agora, tenho direito a um terço da propriedade. O rei pode ter um pouco menos. Ele é rico o bastante, afinal. Ha! Ha! Se eu conseguir encontrar o dinheiro, poderei comprar a fazenda inteira!".

Subitamente, sua mão atingiu uma pequena e decorada arca de ferro. Quando ele a balançou, pôde ouvir as moedas chocalhando. Os olhos do ladrão começaram a brilhar com ganância.

"É isso!", disse ele rouco, enquanto um sorriso de autossatisfação se apoderou de seu rosto, tornando sua aparência ainda mais sinistra do que antes.

O pequeno baú era bastante pesado. Sem dúvida, havia muito dinheiro dentro dele. Ele estava firmemente trancado, contudo, e não havia maneira de Simon conseguir abri-lo. Ele ficou irritado, e sua face ficou vermelho-beterraba, mas, por mais que tentasse, não conseguia abrir.

Porém, ele não estava pronto para desistir. Colocou a pequena arca no chão, caminhou até o galpão e, momentos depois, voltou com um cinzel, um martelo e um grande machado.

Sentado no chão entre a gaveta aberta e a pilha de bens roubados, ele tentou empurrar o cinzel entre a tampa e o baú. Nem isso funcionou. A tranca e a arca eram muito fortes!

Ele estava trabalhando tão intensamente que ignorava totalmente o que ocorria ao seu redor. Ele não ouviu os passos silenciosos atravessando o pátio da fazenda em direção à janela por onde a luz brilhava. Nem ele percebeu um par de olhos espreitando através daquela janela... Ele só via o baú com um dinheiro que tanto queria e era incapaz de conseguir.

Mas a paciência de Simon chegara ao final. Ele jogou o martelo e o cinzel no chão e pegou o machado. Ergueu acima de sua cabeça e, com força total, o deixou cair sobre a pequena arca.

Faíscas voaram em todas as direções quando o machado atingiu as tiras de ferro, a madeira partiu-se em pedaços, e as moedas de ouro e prata rolaram pelo chão. Era o dinheiro que o fazendeiro e sua esposa tinham trabalhado por tantos anos para economizar.

"Ótimo! Finalmente estou rico!", gritou o avarento, fora de si com tanta alegria. Largando o machado, caiu de joelhos em frente ao baú. Ele pegou os pedaços espalhados e esvaziou a arca.

"Aqueles que querem ser ricos caem em tentação, Simon Roelofs", uma voz subitamente disse por trás dele.

O ladrão estava aterrorizado. Aquela voz... ele a reconhecia! Sua face ficou cinza de pavor e, com um olhar angustiado, ele virou-se. Na porta aberta, estava o Sr. Meulenberg de pé, alto e forte! O assustado Simon Roelofs não conseguia dizer nada. O desânimo cobria seu rosto. De imediato, ele achou que não era o próprio Sr. Meulenberg, mas seu espírito que veio assombrá-lo. Muitas vezes, ele tinha ouvido falar que aqueles "hereges" pareciam possuir poderes sobrenaturais.

Grandes gotas de suor cobriam sua testa. Depois de alguns segundos, quando ficou claro que era o próprio Sr. Meulenberg, ele ficou um pouco mais calmo.

Com dificuldade, Simon ergueu-se. Ele tentou dizer alguma coisa, mas agora até sua língua recusava-se a funcionar. Ele sentia-se como um rato encurralado. Então, seus olhos desceram até o machado que jazia no chão. Por um momento, pensou em pegá-lo para atacar o homem que lhe pegara e encurralara. Ele mudou de ideia quando viu os olhos sérios de Sr. Meulenberg lhe observando.

Então, o fazendeiro pareceu ouvir algo atrás de si que o distraiu, e virou para a porta. O ladrão rapidamente fez uso da oportunidade que agora se apresentava. Seu medo lhe deu força extra. Com dois grandes passos, ele estava na porta, empurrou o fazendeiro de lado, e fugiu para o estábulo escuro. Ele tropeçou, pôs-se de pé novamente, e continuou a correr para a porta dos fundos. Ele a abriu e correu para fora – direto nos braços de Boudewyn, que estava vigiando a saída. Casper estava montando guarda na outra porta.

"Ei, ei, homenzinho, não tão rápido! Podemos pelo menos nos cumprimentar direito antes, não podemos?", o ferreiro disse em um tom jovial enquanto segurava o ladrão em seus braços. O ladrão debateu-se para se soltar, mas não tinha chances contra a força de um homem como Boudewyn.

Com fúria e medo, ele chutou o ferreiro na canela, ao que o ferreiro disse calmamente: "Se tentar isso de novo, eu terei de infligir-lhe dor". Ao dizer isso, apertou Simon um pouco mais, quase quebrando suas costelas. Imediatamente, Simon parou de lutar.

"Isso, assim é melhor", Boudewyn disse com aprovação. Ele o soltou, mas imediatamente pegou o trêmulo Simon por seu colarinho.

Enquanto isso, Sr. Meulenberg e Casper tinham corrido até eles. Martin e sua mãe estavam esperando na carroça, que estava a uma curta distância da casa. Quando perceberam que Simon fora capturado, eles também vieram correndo.

"Precisamos garantir que esse sujeito não cause mais nenhum dano", afirmou Boudewyn. "Segure-o por um instante".

Ele passou o prisioneiro para Sr. Meulenberg, e então tirou uma corda longa e forte de seu bolso. Ele prendeu Simon, amarrando seus braços por trás das costas e suas pernas juntas. O bandido imediatamente começou a gemer, mas Boudewyn lhe disse para parar ou ele amordaçaria sua boca também. Isso ajudou. Houve silêncio instantâneo.

Assim que Simon estava firmemente amarrado, Boudewyn o pegou sem esforço e carregou o homem até um canto escuro do celeiro. Lá, ele o jogou em uma pilha de feno.

"Aqui", ele murmurou, "uma cama macia para você. Na verdade, você merecia algo muito pior, mas nós não pagamos mal com mal. Se você começar a fazer uma cena, eu te darei um remédio ainda melhor!".

Simon não disse uma palavra. Gotas de transpiração cobriam seu rosto. Ele estava tão cheio de terror quanto de ódio. Ele entendeu muito bem, entretanto, que era melhor ficar em silêncio. Enquanto isso, estava planejando vingar-se logo que tivesse uma chance.

Boudewyn, Meulenberg e os outros foram agora para a cozinha e sentaram-se em torno da mesa para discutir o que deveriam fazer a seguir.

"Se tivéssemos vindo meia-hora depois, todo nosso dinheiro teria sido roubado", ressaltou o fazendeiro. "Primeiro, Simon nos traiu, e agora ele estava prestes a pegar nossos pertences também. Que homem repugnante e sem coração".

"O pior é que provavelmente ele reconheceu Boudewyn", comentou Casper. "Agora sua vida também corre risco se ficar nesse distrito".

O ferreiro gargalhou, despreocupado. "Eu não tenho esposa ou filho, e estou certo de que sobreviverei. Se perceber que estou sendo vigiado, posso fugir rápido o bastante. Aquele cafajeste não me conhece, e eu deliberadamente o amarrei onde é escuro. Ele não teve chance de dar uma boa olhada em mim".

Os outros não pareciam convencidos, mas Boudewyn reassegurou que eles não precisavam preocupar-se com ele. Agora, era mais importante garantir a partida segura dos outros.

Olhando para Casper, Sr. Meulenberg disse: "Até onde sabemos, há somente uma coisa que podemos fazer. Devemos partir para a Alemanha o mais rápido que pudermos. Encontraremos lá um lugar onde os filhos de Deus não são perseguidos. Você vem conosco?".

"Eu somente tornaria sua fuga mais difícil e aumentaria o risco de vocês serem reconhecidos", Casper respondeu. "Além disso, eu ainda tenho uma missão aqui nos Países Baixos. Tenho esperança de que terei sucesso em despistar meus perseguidores. Afinal, existem centenas de ambulantes como eu caminhando pelas ruas. Eu devo partir agora. Enquanto estiver escuro, estarei bastante seguro".

Era impossível persuadir Casper a mudar de ideia. Ele queria continuar sua tarefa de vender os livretos e divulgar o Evangelho. Ele não valorizava sua própria vida desde o martírio de sua esposa. Ele retirou sua bagagem do esconderijo e a catapultou sobre suas costas, apertando os cintos em torno de si. Sra. Meulenberg lhe deu um pouco de pão e carne para comer no caminho. Seu marido lhe mostrou o caminho pelo campo que deveria ser tomado. Ainda estava escuro lá fora, mas um ponto de luz no horizonte oriental indicava que a noite de verão logo terminaria.

Agora, os outros apressadamente preparavam-se para sua fuga. Antes de voltar para casa, Boudewyn ficou para a ajudá-los a aprontar-se.

O fazendeiro retirou a carroça coberta do barracão. Rapidamente, eles a carregaram com roupas, cobertas, utensílios de cozinha e alguns bancos para sentar-se. Como a carroça tinha uma cobertura de lona, eles poderiam dormir nela à noite.

O dinheiro foi amarrado em um pacote que o fazendeiro escondeu sob suas roupas.

Mesmo que eles tenham sido rápidos, ainda demorou uma hora e meia até que ficassem prontos para partir. Do lado de fora, já começava a ficar iluminado.

O cavalo que puxaria a carroça coberta estava em um pasto bastante distante da fazenda. Martin tinha sido enviado para pegá-lo. Ele estava muito feliz quando saiu para pegar o cavalo. Fugir para a Alemanha seria uma grande aventura. Ele não tinha ideia do quanto suas vidas estavam em perigo.

Nem os outros percebiam quão grandes eram os perigos que lhes espreitavam naquele exato instante!

9

FUGA RELATADA

Simon Roelofs continuou mortalmente calado depois que Boudewyn o jogou no feno. Estava extremamente amedrontado com a grande força do ferreiro. Ele sentia que o ferreiro poderia esmagá-lo como trituraria uma casca de ovo.

Com alívio, ele viu todos eles deixarem o estábulo e entrarem na cozinha. Depois de um tempo, seu medo diminuiu e sua raiva retornou. Então, tentou libertar-se, primeiro amaldiçoando os hereges e, então, orando aos santos que lhe libertassem de seu apuro.

Enquanto ele rolava de um lado para o outro com raiva, subitamente sentiu algo duro abaixo dele. Era o punho de madeira de algum tipo de ferramenta. A princípio, ele não deu atenção àquilo, mas, poucos minutos depois, quando o sentiu novamente, sua curiosidade foi atiçada. Cuidadosamente, ele rolou um pouco mais até que inesperadamente sentiu a ponta afiada de uma lâmina.

Chocado, percebeu que tinha tocado a lâmina de uma foice! De uma vez, entendeu que grande chance tinha agora.

Ele deslizou de forma que a corda que prendia suas mãos tocasse a lâmina. Duas vezes, enquanto tentava romper a corda, suas mãos foram cortadas. Normalmente, ele era um maricas, mas, desta vez, não deu atenção à dor. Havia muito a ser ganho se conseguisse libertar-se.

Ao descobrir a posição correta, ele precisou de apenas um minuto para partir a corda e, em menos tempo, desatou seus pés.

Estava livre! Tremendo com toda emoção, ele permaneceu deitado no feno por alguns instantes. Ele pensava sobre os hereges miseráveis que tinham estragado todos os seus planos maravilhosos. Chegara a hora da vingança!

Simon teria adorado pegar a foice e atacar seus inimigos, mas ele não era corajoso o suficiente para isso. Rapidamente, dispensou a ideia, considerando-a muito perigosa.

Primeiro, deveria afastar-se em segurança e avisar o xerife. É claro que ele também conseguiria uma recompensa extra por isso! Afinal, se os hereges fossem apreendidos de novo, seria graças a ele!

Simon podia sentir o sangue gradualmente circulando por seus braços e pernas de novo. Inicialmente, sentiu-se entorpecido porque Boudewyn o prendera tão fortemente. Simon levantou-se e quietamente começou a caminhar até a porta, quando subitamente ouviu passos. Ele recuou com medo.

Ele podia ver o pequeno grupo deixar a cozinha. Rapidamente, enrolou a corda em torno de seus pés e deitou suas costas com os braços atrás dele, para parecer que ainda estava amarrado.

A luz da lâmpada de óleo iluminou o ambiente, mas Simon relaxou quando percebeu que sequer olhavam em sua direção. Eles estavam caminhando até a porta e dizendo adeus a alguém.

Ele ouviu tão atentamente quanto podia, e teve a impressão de que a pessoa saindo era o famoso herege Nicholas Borgerhout. Enfureceu Simon que Nicholas partiria antes que ele conseguisse vingar-se!

70

Ele logo percebeu que Sr. Meulenberg e os outros já nem pensavam nele. Eles sequer olharam para o feno, mas voltaram direto para a cozinha.

Simon permaneceu onde estava por alguns minutos, mas quando nada mais aconteceu, novamente retirou a corda de seus pés e levantou. Ele cuidadosamente deslizou o feno para baixo e cautelosamente andou até a porta. A princípio, tudo correu bem, mas então, inesperadamente, seu pé bateu em uma pá que estava apoiada num poste. A pá atingiu o solo com um alto baque.

Simon congelou de medo. Gotas de suor caiam de seu rosto.

Contudo, o pessoal na cozinha estava ocupado, e eles não ouviram o ruído. Após alguns instantes, Simon continuou a caminhar até a porta. Não estava trancada, então ele cuidadosamente levantou o ferrolho e saiu.

Embora ainda não fosse a aurora, Simon foi capaz de distinguir o que estava no quintal da fazenda porque seus olhos acostumaram-se à escuridão no estábulo. Ele viu a carroça de feno com o cavalo preso a ela. Por um instante, considerou desamarrar o cavalo e cavalgá-lo até a vila para avisar o xerife, mas rejeitou a ideia por ser muito perigosa. Alguém poderia ouvi-lo, e, além disso, as pessoas poderiam sair da casa a qualquer minuto. Ele teria de caminhar, mesmo que isso demorasse mais. Furtivamente, Simon cruzou o quintal.

Quando alcançou a estrada da represa, ele sacudiu seu punho em direção à fazenda, sibilou uma terrível maldição, e começou a andar rapidamente no rumo da vila.

O xerife dormia, sonhando. Ele estava sentado em uma grande cadeira, belamente entalhada nas costas e braços, no melhor quarto de sua casa. À sua frente, estava um nobre especialmente enviado a ele pelo Rei Filipe da Espanha. Esse nobre estava lendo uma carta na qual o rei da Espanha agradecia o xerife por seu leal desempenho em prender diversos hereges perigosos. Aqueles hereges tinham ameaçado a paz da terra e enfraquecido a Igreja Católica Romana. Como recompensa por sua diligência, o rei da Espanha estava lhe dando a quantia de...

Quando o nobre estava prestes a anunciar a quantia de dinheiro que o xerife ganharia, uma batida alta pôde ser ouvida da porta. Perturbado, o nobre parou de ler. O xerife, que escutava atentamente para ouvir a quantia, ficou aborrecido com a súbita interrupção.

Novamente, houve a batida na porta, e uma voz familiar gritou: "Senhor Xerife, acorde! Os hereges fugiram!".

"Cale-se, seu cão!", rugiu o xerife furiosamente. Agora, ele estava completamente desperto e, para sua grande decepção, percebeu que esteve sonhando. O nobre, a carta e o dinheiro se foram!

Mas ouça. Aquele barulho novamente. Agora o xerife percebia que era alguém batendo em sua porta e chamando seu nome. Então, reconheceu a voz de Simon Roelof.

O xerife pulou da cama e correu de pijamas até a porta. Rapidamente, ele a destrancou e abriu. Sob a primeira luz da alvorada, ele vagamente conseguia distinguir o vulto de Simon.

"O que deu em você para fazer esse barulho no meio da noite e me tirar da cama?", Rosnou o xerife.

Simon ainda estava arfando por andar tão rápido.

"Oh, caro xerife, perdoe-me, mas descobri algo terrível. Aqueles hereges, os Meulenbergs, conseguiram escapar da torre. Aquele Nicholas Borgerhout estava lá também. Ele deve ter lhes ajudado, e havia também um gigante terrível com uma longa barba. Ele lutou comigo, mas eu consegui escapar... Eu arrisquei minha vida para vir aqui avisá-lo...".

"Rapaz, você deve ser louco! Está apenas imaginando coisas!", explodiu o xerife. "Esses hereges não podem escapar! Eles foram acorrentados às paredes da cela. Todas as portas estão trancadas, e dois soldados estão vigiando".

"Mas é verdade, Senhor Xerife; eu os vi com meus próprios olhos. Aqueles hereges possuem poderes sobrenaturais...".

"Fique aqui e aguarde!", o xerife disse de maneira rude enquanto entrava para vestir-se. Em apenas poucos minutos, estava pronto, carregando um grande molho de chaves consigo.

"Nós veremos o que se passa", resmungou, enquanto abria a porta da frente. "Se sua história está correta, você merecerá uma recompensa extra, mas se não for verdade, você está em sérios apuros!".

"É realmente verdade, Senhor Xerife. Você verá por si mesmo", respondeu Simon. A promessa do xerife de uma recompensa extra fez seus olhos gananciosos brilharem.

Eles desceram apressadamente a escura rua da vila e logo chegaram à torre. O rosto do xerife nublou-se em fúria quando percebeu que os soldados não estavam mais vigando. Furiosamente, agarrou a porta da torre, mas quando percebeu que ainda estava trancada, acalmou-se um pouco. Ele procurou no molho de chaves a correta e destrancou a porta. Imediatamente, correu até a cela onde os Meulenbergs estavam.

A porta da cela estava aberta! Furiosamente, o xerife a abriu toda. Ele vasculhou seus bolsos, tirou sua pederneira e acendeu uma chama. Na penumbra, eles podiam ver os grilhões abertos no chão. Os prisioneiros estavam longe.

Agora, o xerife estava furioso, e estava prestes a xingar alto quando subitamente ouviu um leve som grave. Parecia vir de uma das duas celas adjacentes, e ele virou e correu até ela. Procurou em seu conjunto de chaves. Quando não conseguiu encontrar a chave correta, ele começou uma invetiva de xingamentos e maldições contra tudo e todos. Simon acendeu uma luz, e agora as coisas estavam melhores. Num instante, eles conseguiram abrir a porta.

Novamente, ouviram o som grave e o reconheceram como o som de alguém roncando. O cheiro rançoso de uísque soprou até eles. No chão, ainda segurando a moringa, repousava Garret em uma letargia embriagada.

"Acorde, canalha! Onde estão os prisioneiros?", gritou o xerife, chutando a lateral do soldado. Mas Garret não acordou. Ele apenas rolou, murmurou algumas palavras incompreensíveis e continuou roncando. Outras tentativas de despertá-lo foram em vão.

Então, o xerife correu até a terceira porta e a destrancou. Suas suspeitas estavam corretas. Lá estava Joris, em um estado tão ruim quanto seu amigo.

O xerife furioso bateu os pés com raiva. Simon pôs sua mão no braço do xerife e disse com seriedade: "Senhor Xerife, eu sei onde os hereges estão. Não vamos perder mais tempo aqui!".

Essas palavras trouxeram o xerife de volta à razão. "Onde eles estão?", ele perguntou.

"Na fazenda Meulenberg. Pelo menos, era onde eles estavam há uma hora. Nicholas Borgerhout já havia partido e, pelo que eu pude decifrar da conversa, os outros também preparavam-se para fugir. É melhor nos apressarmos antes que eles partam também!".

O xerife novamente trancou as portas das celas. "Eu lidarei com eles depois", comentou com violência. "Eles podem ter certeza de que serão punidos por isso!".

Ele trancou a porta da torre, então virou para Simon e disse: "Vá e informe meus assistentes sobre o que aconteceu e lhes diga que estejam na minha casa dentro de quinze minutos. Enquanto isso, eu trarei os soldados. Com sorte, eles estão num estado melhor que esses dois idiotas bêbados na torre". Com isso, os dois correram em diferentes direções.

Vinte minutos depois, uma grande unidade de homens fortemente armados a cavalo reuniu-se na casa do xerife. Os soldados ainda estavam meio sonolentos e alguns ligeiramente entorpecidos, mas as palavras firmes do xerife e a notícia de que os prisioneiros fugiram os trouxeram de volta à realidade. Eles estavam ansiosos para recapturar os fugitivos.

Todos, exceto Simon tinham um cavalo. Os dois assistentes estavam usando os cavalos de Joris e Garret. O xerife tinha ordenado que seu servo trouxesse seu belo garanhão negro. Ele disse a um dos soldados que deixasse Simon subir no cavalo com ele. O soldado não ficou muito feliz com isso, mas obedeceu a ordem.

O xerife mobilizou as tropas ao seu redor e avisou: "Nós devemos ser tão rápidos quanto pudermos e não fazer mais barulho além do absolutamente necessário. Quando chegarmos à fazenda, cercaremo-la imediatamente. Depois disso, eu darei novas instruções".

Ele saltou sobre sua sela e, em uma velocidade perigosa, partiram. Simon, que não estava acostumado a cavalgar tão rápido e não estava sentado em uma sela, teve muita dificuldade para permanecer no cavalo. Ele gemeu ao partirem e, absolutamente aterrorizado, agarrou firmemente o soldado, que lançou palavras furiosas contra ele.

Quando alcançaram a estrada da represa, o sol começava a surgir no horizonte. Uma brisa fria os recebeu, e um dos cavalos relinchou com prazer. Uma sacudida rápida com as rédeas aquietou o animal. O grupo de homens galopou ao longo da represa, rumo à fazenda Meulenberg.

10

UMA PERSEGUIÇÃO DESESPERADA

Enquanto isso, as preparações para a fuga foram concluídas. Sr. e Sra. Meulenberg caminharam por sua casa uma última vez e levaram mais alguns itens para o reboque. Não era fácil para o casal deixar sua casa e tantos pertences para trás, mas eles não tinham escolha. Eles tinham tempo para um último exame da casa. Dentro de quinze minutos, Martin provavelmente voltaria com o cavalo.

Boudewyn caminhou até o estábulo. Subitamente, lembrou de Simon e quis ver como ele estava. Momentos depois, saiu correndo do estábulo e foi até a caravana onde Sr. e Sra. Meulenberg estavam esperando.

"Simon se foi! Ele escapou!", gritou.

"Mas... como isso é possível?", o fazendeiro perguntou, aturdido.

"Ele cortou sua corda com uma foice. É minha culpa. Eu devia ter olhado melhor! Quem sabe agora há quanto tempo ele saiu para avisar as autoridades?".

Eles olharam uns para os outros alarmados. Naquele momento, o sol surgiu no horizonte, mas eles nem mesmo perceberam. O que perceberam foi o relincho de um cavalo. Ressoou alto e claro através do ar matinal.

Assustado, o ferreiro virou e olhou atentamente para a estrada da represa. À distância, o som fraco dos cascos dos cavalos podia ser ouvido. A brilhante luz do sol refletia em algo que aproximava-se com rapidez.

De imediato Boudewyn entendeu a seriedade da situação deles. "Eles estão vindo!", bradou. Naquele exato momento, correu até a carroça de feno, desamarrou o cavalo, e o atrelou à frente da caravana.

"Mas esse não é o nosso cavalo. Nós temos que esperar por Martin", disse Sra. Meulenberg com ansiedade.

"É muito tarde para isso!", murmurou Boudewyn enquanto trabalhava rapidamente. "Talvez vocês ainda tenham uma chance se partirem imediatamente. O fazendeiro ficará com seu cavalo – isso não fará diferença. Em relação a Martin, eu cuidarei dele – vocês podem ter certeza disso! Vão para Emden. Eu irei depois com seu filho. Rápido! Partam agora! Evitem a estrada da represa e sigam a antiga trilha de carros. Depois de passarem pela primeira curva, vocês serão escondidos pelas árvores. Rápido – antes que seja tarde demais!".

Ele empurrou o desconcertado fazendeiro e sua esposa para o banco da caravana, colocou as rédeas nas mãos do homem, e tocou o cavalo. O animal começou a galopar.

"Que Deus esteja com vocês", disse calmamente enquanto a caravana desaparecia de vista. Então, foi rápido até o celeiro, pegou um machado, e correu para fora. Ele desapareceu no campo de trigo. Foi bom que Boudewyn tenha se escondido porque, apenas alguns instantes depois, os soldados invadiram a fazenda.

O brilhante sol da manhã batia diretamente nos olhos dos soldados enquanto eles cavalgavam pela estrada da represa. Assim, não perceberam a caravana movendo-se com rapidez. Pouco antes de chegarem à fazenda, a caravana desapareceu de vista dobrando a curva.

Os soldados prontamente cercaram as construções. O xerife saltou do cavalo, chamou seus dois assistentes e uns poucos soldados, então liderou-os até a casa.

O ferreiro não ficou nem mais um segundo para ver o que aconteceria. Pelo contrário, rapidamente fugiu por uma vala rasa que atravessava o campo de trigo. Ele certificou-se de ficar abaixado o bastante para não ser visto. O pesado machado tornava mais difícil mover-se com velocidade, mas ele correu o mais rápido que pôde, até, encharcado pela transpiração, chegar ao final do campo de trigo. Aqui havia uma junção de dois caminhos levando a outros campos.

Ele rapidamente examinou o ambiente, e sua face se iluminou quando viu Martin aproximando-se, a uma distância pequena. "Cheguei a tempo", ele murmurou.

Martin ficou muito surpreso em ver Boudewyn na fronteira do campo de trigo. De repente, ele já não se sentia tranquilo. Incitou o cavalo a correr ainda mais rápido, e logo parou ao lado de Boudewyn.

O ferreiro rapidamente informou Martin do que havia acontecido durante sua ausência. Martin se desfez em lágrimas quando percebeu que seus pais tinham escapado sem ele. Boudewyn esforçou-se para confortar o rapaz e disse que eles também tentariam alcançar Emden.

"Mas, primeiro, devemos fazer outra coisa", ele explicou. "Seus pais ainda correm grande perigo. Eles podem ganhar tempo se o xerife demorar muito para vasculhar os terrenos em volta da fazenda. Além disso, o xerife não sabe por qual caminho seus pais partiram. Isso pode salvá-los. Mas os soldados a cavalo podem andar muito mais rápido que seus pais com a carroça. Portanto, devemos ajudá-los o quanto pudermos".

"O que podemos fazer?", perguntou Martin.

"Você saberá logo. Agora, não temos mais tempo a perder", Boudewyn respondeu. Ele montou o cavalo de Martin, pegou as rédeas, e virou o animal. Ele fez o cavalo galopar o mais rápido que pudesse pelo campo, e eles desapareceram de vista.

Com sua espada desembainhada, o xerife caminhou até a casa. "Saiam, seus hereges. Resistir é inútil!", ele gritou.

Nenhum ruído podia ser ouvido. A porta continuou fechada e, com um chute rápido, o xerife a abriu. Ele entrou na casa, seguido pelos outros. Na semiescuridão, eles examinaram o local, esperando que os fugitivos saíssem de algum canto escondido.

Simon seguia no fim da pequena procissão. Ele teria preferido ficar do lado de fora, mas o xerife lhe acenou com um olhar de autoridade que ele não arriscou contestar. Simon tremia de medo. Estava pronto para correr ao menor ruído, mas nada aconteceu. Tudo permaneceu quieto, e a fazenda parecia deserta.

O xerife correu furiosamente de quarto em quarto. Vasculhou o estábulo e examinou até o sótão, mas ninguém foi encontrado.

Cheio de raiva, ele desceu as escadas. "Eles escaparam!", guinchou. "Isso é o que acontece quando você trabalha com jumentos em vez de pessoas".

Simon estava quase dizendo alguma coisa, mas pensou melhor quando viu a fúria e o desgosto na face do xerife.

Enquanto isso, eles tinham perdido uma meia hora preciosa desde que chegaram à fazenda. O xerife caminhou para fora e chamou os soldados.

"Eles partiram, mas ainda não podem estar muito longe", explicou. Ele virou para o comandante dos soldados e disse: "Leve metade das tropas com você e pegue a estrada que atravessa o campo. Simon lhe mostrará o caminho. Os outros seguem comigo, e nós vamos examinar a estrada da represa. Essas são as únicas duas formas de sair daqui. Obviamente, é possível que eles estejam escondidos no campo de trigo, mas eu duvido. É melhor conferirmos as estradas primeiro".

As tropas foram divididas em dois grupos. Uma unidade seguia o xerife pela estrada da represa, enquanto a outra unidade desviou-se para a esquerda, rumo ao campo. Simon estava sentado no último cavalo com o mesmo soldado de antes. O traidor guinava da esquerda para a direita no cavalo. Ele estava completamente dolorido e assustado. Não queria ter ido, mas não teve escolha.

Boudewyn e Martin tinham cavalgado o mais rápido que puderam. O cavalo nem parecia notar que estava levando dois viajantes. Ele continuou a galopar rapidamente, jamais desacelerando. Eles cruzaram os campos e pastagens até eventualmente alcançarem uma estrada. Quando cruzaram essa estrada, Martin apontou com empolgação um pequeno ponto branco que desparecia no horizonte.

"Deve ser a caravana!", ele exclamou.

Boudewyn concordou. "Isso é possível, embora existam mais como essa por aqui. Dentro de algumas horas, seus pais podem estar em Utrecht. Hoje é o dia de comércio em Utrecht, e isso os ajudará a desaparecer na multidão"

Repentinamente, Boudewyn puxou as rédeas, levando o cavalo a parar. Então, ele desceu. Eles chegaram a um córrego profundo conhecido como Vliet, que embora não fosse muito largo, tinha uma correnteza bastante forte. A água no rio estava muito alta. Uma ponte bastante frágil, embora grande o bastante para que uma carroça atravessasse, cruzava o rio.

Martin também saltara do cavalo, embora não entendesse o que Boudewyn queria fazer. Boudewyn lhe disse que levasse o cavalo pela ponte. Então, pegou o machado e começou a derrubar a ponte. As tábuas de madeira da logo abriram caminho para os golpes firmes e bem colocados. Quando o ferreiro chegou aos postes de apoio, ele também os golpeou com seu martelo.

Pouco depois, a ponte oscilou perigosamente para um lado. Boudewyn caminhou até o outro lado, onde Martin esperava.

Por um momento ele ficou parado e limpou o suor de sua testa. Olhou na direção da fazenda e, àquela distância, pôde apenas discernir o topo do teto. A estrada estava deserta. Satisfeito, Boudewyn comentou: "Acho que conseguimos".

Novamente, ele continuou a trabalhar, golpeando os postes de apoio da ponte. "Há uma nuvem de poeira à distância", anunciou Martin, que vigiava. "Pode ser uma unidade de soldados".

Boudewyn não respondeu, mas continuou o trabalho. Alguns minutos depois, a ponte balançou, caiu no rio e, rapidamente, foi levada pela corrente.

"Lindo!", exclamou Boudewyn com prazer. "Agora é a nossa vez". Rapidamente, afastaram-se enquanto a nuvem de poeira ficava mais próxima. Eles não tinham ido muito longe. A dez metros da ponte, havia uma grande área cerrada. Boudewyn amarrou o cavalo a uma pequena árvore, de maneira que não pudesse ser visto do outro lado. Então, rastejou por entre alguns arbustos e acenou para Martin fazer o mesmo.

Momentos depois, eles estavam bem escondidos. Não obstante, tinham uma boa visão do caminho que os cavaleiros seguiam.

Martin observou os soldados, que agora se aproximavam rapidamente. Ele foi subitamente distraído por Boudewyn, que retirou uma arma que estava sob sua roupa. Ele a carregou e pôs no chão, diante dele.

"Boudewyn, você não vai começar a atirar, vai?", Martin gaguejou. O ferreiro balançou a cabeça. "Eu espero que não seja necessário. Entretanto, é possível que eles tentem nadar com seus cavalos pela corrente. O primeiro que tentar será atingido. Eu tenho bastante munição para mais tiros, se necessário...".

Olhando firmemente para Martin, explicou: "Se a situação ficar realmente ruim, talvez eu te diga para montar o cavalo e sair o mais rápido possível. Eu quero que você vá até o fazendeiro que me deixou usar o cavalo e a carroça. Conte tudo a ele. Ele não te abandonará".

"Por favor, Boudewyn, deixe-me ficar aqui com você", Martin implorou.

"Claro, meu garoto, na medida do possível. Mas se for necessário, quero que faça o que eu disse. Agora, vamos ficar quietos e manter os olhos em nossos amigos".

De fato, os "amigos" estavam muito próximos. Quando o comandante estava a quase 50 metros da margem do rio, ele subitamente freiou seu cavalo e proferiu um grito de surpresa. Ele percebeu que a ponte já não estava lá.

Furiosamente, virou para Simon. "Ei, imbecil, você não sabia que a ponte se foi?", rugiu.

"Não, honrado Senhor, eu não sabia disso. Ontem, ainda estava aqui!", lamentou Simon, que ficara verde de medo e ansiedade. "Eu... eu acho que esses hereges fizeram isso".

"Tolice!", gritou o comandante. "Eles não podem estar tão a nossa frente. Somente um gigante poderia partir em pedaços uma ponte dessas. É impossível que os hereges tenham fugido por essa rota".

Depois de dizer isso, ele cavalgou até o ponto em que Boudewyn tinha feito esse trabalho minucioso.

Quando observou a ponte mais de perto, teve a impressão de que realmente era obra de um homem incrivelmente forte. Ele viu lascas recentes de madeira, tão grandes quanto um dedo. Uma voz interna sussurrou que Simon estava certo, mas ele era orgulhoso demais para admitir que estivesse errado.

Talvez fosse verdade, afinal, que todos aqueles hereges podiam invocar poderes sobrenaturais para ajudá-los? Primeiro, eles misteriosamente escaparam da torre e, agora, a ponte se foi. Ele fez um sinal da cruz sobre si para proteger-se dos poderes malignos. Muitos soldados que compartilhavam esses pensamentos fizeram o mesmo.

Atentamente, o comandante refletiu sobre a distância até margem oposta do rio. Então, observou a força da correnteza. Deveria ser possível, embora não fosse fácil, atravessar o rio com os cavalos até a margem oposta. Mas valia a pena? Ele examinou os campos até onde a vista alcançava. Ele não via qualquer vestígio dos fugitivos em lugar nenhum.

11

UM MERGULHO

O comandante hesitou. Então, olhou para Simon e perguntou: "Há outra ponte por perto que cruze esse córrego?".

Simon tinha descido do cavalo e estava parado próximo à ponte destruída. Sentiu-se um pouco mais confiante em terra firme que nas costas de um cavalo. Além disso, Simon tinha lido a expressão no rosto do comandante e sabia que no fundo o homem concordava com ele.

Ele respondeu: "Para alcançar a próxima ponte, teremos que fazer um desvio. Isso vai levar algumas horas". Então, congratulando-se interiormente, acrescentou: "O xerife não ficará muito feliz se voltarmos sem resultados".

A última frase teve efeito. O orgulhoso comandante não iria dar a impressão de que tinha medo do xerife!

"Esse seu xerife que pule no lago! Ele não tem poder sobre nós", respondeu rispidamente. Voltando-se para os soldados, ordenou: "Subam em seus cavalos e vamos retornar!".

Todos os soldados montaram seus cavalos, mas quando Simon tentou fazer o mesmo, não obteve tanto sucesso. Além disso, o soldado com quem ele esteve cavalgando tinha procurado uma maneira de livrar-se de Simon. Quando ele tentou subir pela segunda vez, o soldado moveu-se em sua sela como se fosse ajudar Simon. Em vez de ajudar, deu um empurrão no traidor, fazendo-lhe cair do cavalo pela segunda vez. Com um grito alto, caiu para trás, dentro do Vliet.

Todos os soldados riram quando viram o que tinha acontecido. Eles teriam adorado dar a volta e partir imediatamente.

A cabeça de Simon submergiu, mas, depois de alguns segundos, ele reapareceu na superfície. Ele debatia-se freneticamente com seus braços e pernas enquanto gritava com o máximo de sua voz. Quando percebeu que os soldados estavam prontos para partir sem ajudá-lo, começou a gritar ainda mais alto. Ele implorou que os soldados lhe salvassem do afogamento.

O comandante avaliou a situação. Ele suspeitava que o soldado tivesse empurrado Simon de propósito, mas não podia culpá-lo por isso. Percebendo que Simon não conseguiria alcançar a margem do rio, ordenou que dois dos soldados o ajudassem.

Indispostamente, os dois desceram de seus cavalos. Um deles segurou sua lança sobre a água até que ela chegasse ao alcance de Simon. Então, ele puxou Simon para a borda. Aliviado, Simon sentiu o chão sob seus pés, mas quando tentou escalar, continuou deslizando para a água. O soldado tinha pouca vontade de ficar todo molhado e sujo só para ajudar aquele sujeito detestável. Seu parceiro veio em auxílio. Ele cutucou Simon com a ponta de sua espada como se fosse levantá-lo, mas, de propósito, cutucou mais do que devia. Simon guinchou como um porco. De repente, ele parecia não ter dificuldade em sair da água e, num instante, estava no topo da margem. Lá, foi recebido com o som de risadas.

Ele estava furioso, mas não ousou dizer nada. Novamente, tentou subir nas costas do cavalo, mas o soldado balançou sua cabeça com indignação.

"Nenhum fazendeiro imundo vai subir no meu bom cavalo!", ele gritou.

Simon olhou em desespero para o comandante, mas ele assentiu concordando. Com um olhar de escárnio, disse: "O soldado está certo. Uma pessoa que se deixa tombar em uma água tão suja não merece cavalgar no bom cavalo de um soldado. Além disso, você pode pegar um resfriado. É muito melhor que caminhe. Assim, ficará aquecido, e suas roupas terão uma chance de secar ao sol. E agora, homens: avante!".

Os soldados saíram em disparada. Simon os observava com lágrimas de raiva em seus olhos. Quando eles estavam a uma distância segura, ele cerrou seu punho e gritou as coisas mais terríveis que podia pensar. Molhado e sujo começou a caminhar pela estrada. A água esguichava em seus sapatos. Uma pequena corrente gotejava do buraco que o soldado fizera em suas calças.

Dois pares de olhos observavam Simon e as tropas. Boudewyn estava deitado de bruços, tremendo de tanto rir. Sua animação era tão contagiosa que Martin também explodiu em gargalhadas. De fato, era impagável ver como Simon andava, pingando todo.

"Rapaz, é realmente bom conseguir dar umas boas risadas depois de todas as dificuldades", suspirou contente o ferreiro depois de acalmar-se um pouco. Ele virou e olhou para Martin, que se sentia um pouco envergonhado de si mesmo. Por um momento, ele tinha esquecido da tristeza da partida de seus pais. Mas Boudewyn lhe disse palavras de encorajamento.

"Não comece a preocupar-se, Martin. Eventualmente, tudo dará certo. Pense em como Deus esteve conosco. Seus pais, que estavam praticamente mortos, conseguiram escapar da prisão e, agora, nesta manhã, foram capazes de novamente de fugir a tempo. Eles têm uma boa vantagem e, por enquanto, nós não precisamos nos preocupar com eles"

Ele deu um tapinha encorajador nas costas de Martin. "Vamos pegar nossos cajados e segui-los ainda hoje. Você verá que grande aventura será e, eventualmente, chegaremos a Emden também. Erga a cabeça, jovem, nós chegaremos lá e, se o Senhor desejar, veremos seus pais em breve!".

De repente, o futuro já não parecia tão solitário para Martin.

"Agora, como nosso amigo comandante disse: avante!", falou o ferreiro. Ele se levantou e arrastou-se para fora dos arbustos. Desamarrou o cavalo, deu alguns tapinhas tranquilizadores nas costas do animal e, então, o montou. Martin também subiu no cavalo, e eles viajaram a galope.

Depois de uma longa viagem, eles chegaram à vila de Boudewyn. Ainda era cedo de manhã, mas já havia homens trabalhando nos campos. O ferreiro não fez qualquer tentativa, contudo, de ficar escondido. Eles cavalgaram tranquilos, sem que ninguém prestasse atenção neles. Não era tão incomum ver um homem e um garoto em um cavalo.

"No momento, não há muito risco para a gente", Boudewyn explicou. "Ontem à noite, quando saímos para libertar seus pais, era diferente. Talvez seja diferente em algumas horas, quando o xerife e seus ajudantes forem atrás de nós. Mas, certamente, não ficaremos esperando por eles!".

Ainda assim, o ferreiro não queria atrair a atenção de ninguém e, em vezes de cavalgar pela vila, eles tomaram um desvio por ali. Chegando em casa, Boudewyn abriu a porta para Martin e disse: "Entre e espere por mim".

Martin entrou na casa. Tudo se parecia como no dia anterior. Somente o gato tinha procurado companhia em outro local. Não muitas horas atrás, eles tinham deixado esse lugar, mas, para Martin, parecia que acontecera há muitos dias. Muito havia ocorrido em tão pouco tempo.

Ele sentou em uma grande cadeira, aguardando por Boudewyn. Depois de todas as emoções da noite anterior, ele sentia-se cansado e sonolento. Em poucos minutos, estava dormindo.

Algum tempo depois, ele acordou com um impulso ao ouvir passos na sala. Imediatamente, os eventos das últimas 24 horas voltaram a ele, e ele percebeu que deveria estar de guarda. Abriu seus olhos e viu, para seu horror, um estranho de pé na sala. O homem estava vestido de forma bastante elegante e parecia um comerciante. Ele era um homem grande com uma barba curta e pontuda.

O estranho viu o rosto aflito de Martin e começou a gargalhar. Martin imediatamente reconheceu a risada.

"Boudewyn!", ele gritou surpreso. "Com certeza, você está diferente! Como fez isso?".

O ferreiro sorriu com satisfação. "Veja, muita coisa pode acontecer enquanto você tira uma soneca". Ele sentou na cadeira e contou a Martin o que tinha acontecido.

"Primeiro, eu fui ao fazendeiro e dei a ele o cavalo de seu pai. Ele estava disposto a aceitá-lo em troca do que era dele, e aceita a perda de sua carroça. Ele também prometeu que não diria a ninguém o que tinha acontecido".

"Em seguida, passei a tesoura em minha barba. Ela teria revelado minha identidade muito facilmente. Então, arrumei algumas roupas novas, e você pode ver os resultados por si mesmo. Eu realmente acredito que você não reconhece mais seu velho amigo Boudewyn. Mas agora é hora de você disfarçar-se. Eu também trouxe algumas roupas para você, então por que você não as prova por um momento".

Quinze minutos depois, Martin também tinha uma aparência muito diferente. Ele não se parecia mais com um filho de fazendeiro. Ele parecia mais o filho, ou ajudante, de um comerciante. Ele se admirou com orgulho, e Boudewyn também estava muito satisfeito com o resultado.

Enquanto Martin se vestia, Boudewyn ajuntou alguns de seus pertences. Ele colocou um pouco de comida em uma mochila e escondeu um pouco de dinheiro sob sua roupa. Muitas outras coisas que queria levar consigo ele pôs em seus grandes bolsos.

Eles não iriam desarmados. Boudewyn novamente escondera a pistola sob seus trajes. Como cajado, ele escolheu um galho forte, muito duro e espinhoso com uma grande protuberância no topo. Em momentos de necessidade, esse cajado seria uma boa arma nas vigorosas mãos do ferreiro.

Martin recebeu uma pequena adaga, feita por Boudewyn, muito bonita, porém útil, dentro de uma bolsa de couro.

Boudewyn não parecia estar chateado, mas não era fácil para ele deixar sua casa e sua oficina para trás. Ele observou tudo. Pegou o pesado martelo de forja, que talvez ele jamais brandisse novamente, e então, com um suspiro, o colocou de volta. Finalmente, pegou um grande cantil e o encheu de água fresca.

Agora, tudo estava pronto. O ferreiro balançou sua cabeça para afastar os pensamentos tristes que lhe preocupavam. "Pronto", ele disse com entusiasmo para Martin, "a grande aventura vai começar. Podemos orar primeiro antes de partirmos?".

Eles curvaram-se um próximo ao outro, e Boudewyn orou. Ele pediu que o Senhor estivesse com os pais de Martin, os protegesse do perigo e do mal, e os levasse seguros até a Alemanha. Ele também pediu que o Senhor auxiliasse e guiasse ele e Martin na jornada e, encerrando, pediu pela igreja perseguida nos Países Baixos.

Então, eles ficaram de pé, fortaleceram-se, encorajaram-se, e saíram. Eles caminharam pelo quintal e rapidamente pegaram algumas cerejas para comer pelo caminho. Rastejaram pelo buraco na cerca, o que os levou a uma vala grande e seca. Eles seguiram por essa vala até estarem muito distantes da vila. Então, saíram dela e caminharam na parte mais elevada.

"Tenho certeza de que ninguém nos viu partir", Boudewyn disse satisfeito. Ele deu uma última olhada no que ficou para trás, então apontou seu bordão na direção que seguiriam. "Por esse caminho!". Com passos largos, ele entrou no campo, seguido por Martin.

12

SOLDADOS POR TODA PARTE

Boudewyn e Martin atravessavam os campos e comiam as cerejas que tinham colhido. Acima de suas cabeças, passavam grandes nuvens onduladas, ocasionalmente bloqueando o sol por alguns breve instantes. Agora, a paisagem parecia suave e gentil. Estava começando a esquentar, mas uma brisa agradável soprava pelos campos.

Pouco depois, eles alcançaram a estrada principal. Boudewyn achou que seria seguro seguir por ela. Ele descobriria logo quão errado estava.

Depois de aproximadamente meia hora de caminhada, eles ouviram o trote dos cascos de cavalo atrás deles. Embora Boudewyn não se preocupasse com o perigo, ele não queria que os cavaleiros os vissem. Rapidamente, eles saíram da estrada principal e esconderam-se nos arbustos.

Na hora certa. Segundos depois de se esconderem, três soldados chegaram cavalgando. Eles olharam atentamente em todas as direções, mas não viram os dois fugitivos.

Os soldados pararam um fazendeiro mais acima na estrada. Eles o detiveram e o interrogaram extensamente. Cinco minutos depois, seguiram seu caminho.

"Uau", sibilou o ferreiro, "eles realmente não desistem tão fácil. Eu me pergunto se há mais soldados na área".

Ele apontou para uma árvore alta nas proximidades. "Por que você não sobe na árvore por um momento, Martin?

Você ainda é jovem e ágil, e tem bons ouvidos. Quando estiver no topo, você deve ter uma boa vista. Veja se há mais soldados na área".

Isso pareceu tranquilo para Martin. Ele escalou a árvore, ágil como um gato. Era um álamo alto, e as folhas farfalhavam na brisa.

Em um instante, ele estava no topo da árvore, que oscilava. Segurando o tronco com uma mão, cobriu seus olhos com a outra e examinou todas as direções. Ele olhou os campos e, à distância, conseguiu distinguir as estradas. Elas pareciam tiras finas atravessando os campos.

Ele viu os cavaleiros que passaram por eles há poucos minutos. Eles já estavam muito longe. Então, localizou outros dois grupos de soldados a cavalo. Ele podia ver claramente suas espadas reluzindo no sol.

Obviamente, o xerife não foi capaz de engolir seu orgulho e aceitar o fato de que os hereges tinham escapado. Ele iria fazer o que estivesse em seu poder para recapturá-los e tinha enviado soldados em todas as direções para procurar os fugitivos.

Boudewyn pareceu preocupado quando Martin desceu e lhe disse o que tinha visto. "Eu espero que Casper tenha conseguido uma boa vantagem sobre eles", ele disse. "Nós devemos ser mais cuidadosos também". Deixaram a estrada principal e novamente viajaram pelos campos de trigo.

Foi uma jornada estressante e cansativa. O trigo ondulante os escondia bem, mas qualquer pessoa em uma posição mais alta poderia vê-los caminhando. Algumas vezes, eles precisavam cruzar pastos e campos abertos. Então, antes de arriscarem cruzar o local, eles primeiro deveriam olhar em volta para garantir que tudo estava seguro.

Tornou-se ainda mais difícil para eles quando os fazendeiros foram para seus campos trabalhar. Eles sabiam que os cavaleiros paravam para interrogar quem encontrassem. Embora fosse verdade que nem todos os trairiam, eles nunca podiam ter certeza de quem era amigo do papa e quem não era. Alguns dos católicos romanos eram muito fanáticos. Provavelmente, teriam orgulho de si mesmos se ajudassem a levar alguém para ser queimado na fogueira.

O ardente sol da tarde brilhava impiedosamente. Boudewyn era forte, e como era ferreiro, estava muito acostumado ao calor. Além disso, uma noite sem sono não o incomodava tanto. Porém, não era o mesmo caso com Martin. A tristeza, a tensão e a fadiga eram demais para ele. Ele vagava atrás de Boudewyn hora após hora, uma enfadonha dor tomando sua cabeça. Algumas vezes, ele pensava que tudo era apenas um sonho e que ele acordaria em sua cama.

O ferreiro olhou para seu jovem amigo com preocupação. Ele percebeu que Martin não estava bem e, de vez em quando, falava algumas palavras de encorajamento ao rapaz.

Depois de um tempo, ele percebeu que Martin não poderia mais seguir assim. Ele os tirou do caminho que seguiam e entrou em uma vala profunda e seca. Eles continuaram caminhando. A grama alta balançava na brisa acima de suas cabeças.

De repente, eles chegaram a uma clareira. Havia um grande carvalho no meio do campo. Ele fornecia um lugar fresco e protegido para descansar do sol tórrido. A chance de que alguém os encontrasse aqui era muito remota.

"Então", disse Boudewyn, satisfeito, "agora podemos primeiro comer alguma coisa. Depois, daremos uma boa dormida.

Esses espiões e caçadores de hereges terão de ser muito espertos para nos encontrar aqui".

Com um suspiro aliviado, Martin deixou-se cair no espaço sob a árvore. Era maravilhosamente refrescante ali. A grande coroa do carvalho fornecia sombra sobre o pequeno gramado. Em torno da clareira, o trigo crescia alto, protegendo-os de todos os lados com um muro dourado.

Martin preferia ter dormido imediatamente, mas Boudewyn não permitiu. Primeiro, eles tinham que comer. Ele pegou o garoto com seus braços fortes e o colocou num local confortável, com suas costas contra a árvore.

Eles comeram um pouco de pão e beberam a água que Boudewyn trouxe em seu cantil. Martin sentia-se muito cansado para comer, mas eventualmente começou a sentir-se melhor, e seu apetite aumentou. O ferreiro encorajou alegremente seu jovem amigo.

"De repente, eu me lembrei desse lugar", ele explicou. "Eu estive aqui anos atrás. Aparentemente, costumava haver uma grande floresta aqui, mas todas as árvores, exceto esta, foram cortadas. Por que essa foi deixada eu não sei. A lenda diz que esta árvore era considerada um carvalho sagrado, e que foi dedicada a Woden, o principal dos deuses dos anglo-saxões. O quanto disso é verdade, eu não sei, mas é verdade que essa árvore tem centenas de anos. É a árvore mais antiga nessa região".

Seriamente, ele continuou: "Talvez nossos antepassados pagãos realmente cultuassem sob essa árvore quando ela ainda era um rebento. É possível que eles trouxessem oferendas a seus ídolos aqui. Em todo caso, Deus quer que nós a utilizemos agora para proteger-nos de nossos perseguidores".

Depois de terminarem de comer, Boudewyn achou o melhor local para Martin esticar-se. Então, ele também deitou para dormir. "Apenas relaxe e durma", disse ao garoto. "Nós não viajaremos mais por enquanto, e, humanamente falando, não há perigo aqui".

Martin não precisou ouvir duas vezes. Seus olhos estavam pesados e, em poucos momentos, ele dormia profundamente. Depois de alguns instantes, o ferreiro também adormeceu.

Muitas horas passaram. O sol desceu lentamente, lançando um bonito brilho carmesim enquanto desaparecia. O calor do dia anterior permaneceu sobre a região, mas era agradável e frio sob o grande carvalho.

Boudewyn acordou, olha na direção de Martin e sorriu ao perceber que o garoto ainda dormia. Ele subiu e sentou-se contra o tronco da árvore de forma tal que pudesse ver acima do campo de trigo em todas as direções.

A penumbra já começava a cobrir a terra. Aqui e ali ele ainda podia ver um fazendeiro trabalhando nos campos, mas ele não percebeu quaisquer soldados. Tranquilizado, deitou-se novamente e dormiu.

Muitas horas depois, Martin acordou. De imediato, não reconheceu onde estava. Ele ouviu um farfalhar suave ao seu redor e viu as folhas flutuando sobre sua cabeça. Através das pequenas aberturas na folhagem espessa, ele pôde ver umas poucas estrelas cintilando.

Subitamente, lembrou onde estava e o que tinha acontecido. Ele rapidamente passou para a uma posição semi-sentada e procurou por Boudewyn. A princípio, não conseguiu vê-lo em lugar algum porque já estava bastante escuro. Então, para seu alívio, ele ouviu a voz familiar perguntar: "Você dormiu bem?".

Boudewyn estava de bom humor, sentado com suas costas contra a árvore. Martin espreguiçou seus braços e pernas, bocejou e disse: "Sinto-me descansado, e minha dor de cabeça se foi. Apenas minhas pernas ainda estão um pouco rígidas da caminhada".

"Isso melhorará assim que seguirmos novamente", explicou o ferreiro. "Viajaremos novamente no escuro. Será menos perigoso dessa forma".

Eles comeram outro sanduíche e, então, com vigor renovado, seguiram seu caminho.

Era uma bela noite. Estrelas brilhantes reluziam no céu noturno e, após alguns momentos, a lua também apareceu, dando-lhes luz suficiente para caminhar. Depois do dia quente, era um prazer caminhar no frio da noite. A rigidez nas pernas de Martin desapareceu, e logo ele começou a desfrutar do charme secreto da jornada noturna.

Por toda a noite, eles caminharam pela estrada principal, mas quando se aproximavam de uma cidade ou vila, iam pelos campos. Dessa forma, não havia a menor chance de serem vistos por alguém. Embora eles descansassem ocasionalmente, com o tempo começaram a sentir-se cansados.

"Vamos procurar um lugar para nos escondermos", disse Boudewyn. "Já basta por hoje". Enquanto continuavam a caminhar, eles procuravam por um bom esconderijo. Quando a alvorada se aproximava, eles viram uma grande fazenda no caminho.

Caminharam pelo campo a fim de chegar às construções pelos fundos e andaram até um estábulo separado da casa principal. Eles escutaram com muita atenção, mas não ouviram som de pessoas movendo-se. O fazendeiro e sua família deviam estar dormindo ainda.

No momento em que o ferreiro abriu a porta do galpão, um cão de guarda começou a latir furiosamente. Isso assustou terrivelmente Martin, mas Boudewyn rapidamente o pegou pela mão, puxou o garoto para o galpão e calmamente fechou a porta.

Como Boudewyn pensara, o cão logo parou de latir. Aliviado, ele respirou fundo e então examinou o local.

Era difícil ver muita coisa no escuro, mas eles conseguiram ver que o estábulo continha muitos cavalos. A metade traseira do galpão estava cheia de feno quase até o teto, e eles subiram numa escada até o topo.

"Arraste-se até o mais fundo que puder", o ferreiro sussurrou. "Não há muito chance de que alguém venha para cá, mas, se vierem, não queremos que eles nos vejam de imediato". Eles fizeram como o ferreiro sugeriu e logo dormiam profundamente.

13

PERTOS DEMAIS PARA DESCANSAR

Do lado de fora, gradualmente ficava claro. O horizonte oriental era uma chama vermelha quando o sol surgiu. Os galos estavam cantando e as vacas mugindo. A fazenda novamente ganhava vida, e, no quintal, passos podiam ser ouvidos, mas tudo isso passava despercebido para Boudewyn e Martin. Eles nem mesmo acordaram quando um dos servos entrou para alimentar os cavalos.

O servo saiu novamente e, por várias horas, estava quieto no estábulo.

Então, repentinamente, a porta foi escancarada. A luz do sol brilhou no galpão, e muitos homens andaram até os cavalos. Eles falavam tão alto um com o outro que Boudewyn acordou.

Ele entendeu imediatamente que havia ameaça de perigo, e ficou imóvel, escutando atentamente a conversa abaixo. A primeira voz que ouviu provavelmente era do fazendeiro. Ele falava de maneira submissa.

"Vejam, homens, os cavalos foram bem tratados, assim como vocês foram tratados. Eu espero que tenham sucesso hoje e peguem os hereges e seus amigos!".

Boudewyn, que não se assustava fácil, ficou atemorizado com essas palavras. Aparentemente, os soldados que procuravam por eles também dormiram na fazenda ontem! Ele cuidadosamente arrastou-se pelo feno até que pudesse observar a cena abaixo.

Ele podia ver o fazendeiro com três soldados. Eles estavam começando a desamarrar seus cavalos. "Com certeza, faremos o nosso melhor", respondeu um soldado. "Há uma grande recompensa para quem capturar Nicholas Borgerhout, e uma boa quantia também aguarda quem capturar o canalha que o ajudou!".

"Há um monte de pessoas repulsivas andando pela estrada esses dias", respondeu o fazendeiro. "De madrugada, ouvi Nero latindo. Por um momento, achei possível que alguns desses canalhas estivessem caminhando nesse quintal. Eles poderiam até esconder-se no feno se realmente quisessem".

"Por São Jorge, você está certo!", exclamou o soldado alegremente, enquanto olhava para cima.

Boudewyn teve tempo o suficiente apenas para abaixar-se de modo a não ser visto.

Os soldados voltaram suas atenções para o feno, e aquele que acabara de falar caminhou até a escada e subiu.

Não havia tempo para o ferreiro cobrir-se, então ele engatinhou tão rápido quanto podia para sair de vista. Milhares de pensamentos passaram por sua cabeça em questão de segundos. Se o soldado esticasse a cabeça acima do feno, sem dúvida veria Boudewyn. Além disso, parecia que Martin estava prestes a acordar. Ele tinha chutado o feno para longe de si enquanto dormia e, com certeza, também seria visto imediatamente.

Boudewyn não se moveu mais para trás. Ele pegou sua pistola e a carregou. Não estava pronto para render-se. Ele lutaria por si mesmo e por seu jovem amigo.

Ao mesmo tempo, percebeu quão escassas eram suas chances. Mesmo se ele pudesse dar um fim nos soldados, seria difícil viajar adiante em plena luz do dia. O fazendeiro certamente soaria o alarme, e haveria uma caçada intensa para encontrá-los.

Ele ajoelhou, imóvel, sobre o joelho. A pistola preparada em sua mão.

Os soldados subiram mais. Agora, o ferreiro conseguia ver o topo do elmo.

Subitamente, com um estalo alto, um degrau da escada cedeu. O soldado escorregou, perdeu seu equilíbrio, e caiu com um sonoro impacto no chão de barro. Ele deve ter se machucado. Boudewyn podia ouví-lo gritando e praguejando.

Aliviado, Boudewyn respirou fundo. Isso poderia salvá-los. Porém, em seguida, novamente ele tomou um susto. Semiacordado, Martin sentou e disse alto: "Boudewyn, onde está você?".

Felizmente, havia tanto barulho ali embaixo que eles sequer ouviram Martin. Boudewyn esticou-se, pôs sua mão sobre a boca de Martin e sussurrou: "Não faça um ruído. Estamos em apuros".

Martin percebeu o perigo. Rapidamente, deitou novamente, pálido e trêmulo.

Boudewyn tentava incansavelmente pensar numa maneira de escapar do perigo em que estavam. Ele acenou para Martin e, juntos, os dois arrastaram-se mais para trás, o mais próximo possível da parede. Rapidamente, eles cavaram uma fenda profunda em que pudessem entrar. Então, cobriram-se o melhor que podiam com o feno solto.

O soldado colocou-se de pé. Ele estava um pouco trôpego no início, e tinha algumas contusões dolorosas em seus braços e pernas, mas quanto ao resto, estava bem.

Estava furioso e não tinha a intenção de subir novamente para checar as coisas. "Você merece ser enforcado, seu palhaço!", ele gritou para o fazendeiro. "Suba você mesmo essa escada frágil e vasculhe o feno!".

O fazendeiro não ousava protestar, embora não quisesse fazer isso. Ele arrumou a escada caída, pegou um forcado, e lentamente subiu.

Hesitantemente, observou por cima do feno, mas quando não percebeu nada de errado, sentiu-se um pouco encorajado e escalou até o pavimento de cima.

"Esses hereges não estão aqui", disse aliviado.

"Olhe com mais cuidado, homem! Enfie esse forcado bem dentro do feno!", gritou o soldado que caíra.

O fazendeiro seguiu suas ordens. Ele empurrava o garfo profundamente dentro do feno, lentamente abrindo caminho até onde Boudewyn e Martin se escondiam. Os dois permaneceram imóveis. O coração de Martin batia tão forte que ele tinha certeza de que o fazendeiro iria notá-lo.

De repente, Boudewyn sentiu um frio dente de aço do forcado passar pela manga de sua camisa. O aço arranhou sua pele, e isso tirou toda sua concentração para ficar perfeitamente imóvel.

Depois de um segundo, o fazendeiro puxou o garfo de volta. Com ansiedade, Boudewyn aguardava o próximo golpe, que poderia custa sua vida. O suspense era quase mais do que podia suportar, especialmente porque não conseguia ver nada, nem mover um músculo.

Mas o segundo golpe nunca veio. O fazendeiro retornou para a escada e disse: "Eu examinei o feno por completo, mas não há absolutamente nada além do usual aqui em cima".

Instantes depois, os dois fugitivos ouviram-no descer a escada.

Os soldados agora desamarravam seus cavalos e preparavam-se para partir. Eles disseram ao fazendeiro que verificariam minuciosamente toda a região e, se não encontrassem nada até o anoitecer, retornariam para a vila.

Poucos segundos depois, todos eles deixaram o estábulo. O ferreiro sentou-se e limpou o feno de seus olhos. Por uma fenda na madeira, conseguiu observar o lado de fora. Ele viu os soldados montarem seus cavalos e cavalgarem em uma nuvem de poeira enquanto o fazendeiro voltava para casa.

"Graças a Deus!", comentou Boudewyn do fundo de seu coração. "Fomos salvos de um grande perigo".

Agora, Martin também tinha sentado. Ele ficou chocado quando Boudewyn mostrou-lhe onde o forcado o arranhou.

Eles deitaram no feno. O ferreiro manteve o olho no lado de fora pela fenda nas tábuas. Se o perigo ameaçasse, eles poderiam rapidamente esconder-se mais uma vez no feno.

Tudo continuou calmo. Ocasionalmente, alguém caminhava pelo quintal, mas ninguém prestava atenção no galpão.

O dia arrastava-se para os fugitivos. O sol castigava impiedosamente o teto do estábulo, e ficava cada vez mais quente e desconfortável no feno. Eles comeram seu último pão e esvaziaram o frasco de água.

Martin ainda tinha sede. Ele olhou com ânsia para o poço no quintal. Havia um balde de madeira junto a ele. Seguramente, havia água no poço, mas era perigoso demais pegar um pouco.

No fim da tarde, Boudewyn disse: "Devemos dormir um pouco agora. Assim, nos sentiremos melhor à noite quando partirmos de novo".

Suspirando profundamente, Martin novamente enterrou-se sob o feno. Ele tinha certeza de que não conseguiria adormecer. Era muito assustador nesse galpão e, além disso, terrivelmente quente. O feno fazia cócegas em seu rosto, e ele sentiu-se muito desconfortável.

Então, pensou sobre outras pessoas de que seu pai e sua mãe muitas vezes lhe falavam: cristãos que foram mártires pela fé. Eles foram enforcados, enterrados vivos, ou queimados na estaca. Eles não tinham sofrido muito mais pelo Senhor Jesus do que ele? Na verdade, ele deveria sentir vergonha de si mesmo por ser ingrato!

Ele pensou em seu pai e sua mãe. Teriam eles conseguido escapar de seus perseguidores? Enquanto pensava sobre tudo isso, caiu no sono.

Horas depois, Boudewyn o acordou. O sol tinha descido, e estava escuro no estábulo.

"É quase hora de ir", sussurrou Boudewyn. "Assim que estiver um pouco mais escuro lá fora, nós sairemos. As primeiras estrelas já estão brilhando".

Eles esperaram por mais quinze minutos e, então, Boudewyn sentiu que estava escuro o bastante para partir. Cuidadosamente, eles desceram a escada e abriram a porta do galpão. Lá fora, estava quase completamente escuro, e a lua ainda não havia surgido. O ferreiro levou o cantil vazio em suas mãos. "Ainda quero encher isso antes de partirmos para que não fiquemos com muita sede enquanto caminhamos", ele cochichou para Martin. "Venha comigo até o poço".

Eles tinham acabado de fechar a porta e caminhado alguns passos no quintal quando o cachorro começou a latir furiosamente. Martin estava terrivelmente assustado, mas Boudewyn parecia imperturbado por isso.

"Acho que o fazendeiro já foi para cama", ele murmurou, "e, provavelmente, não está tão ansioso para sair imediatamente, porque ele realmente não parecia muito corajoso. Em todo caso, devemos ter tempo suficiente para pegar um pouco de água".

Havia um balde de madeira cheio de água gelada e fresca na borda do poço. Boudewyn deu o cantil para Martin, pegou o balde, e começou a despejar a água pela pequena abertura. Na escuridão, bastante água foi derramada pela lateral da garrafa. Martin estava ficando muito nervoso porque o cão latia furiosamente, saltando e puxando a corrente que o prendia.

Quando a garrafa estava quase cheia, eles ouviram a corrente romper-se e, dentro de segundos, a besta furiosa arremeteu na direção deles.

Martin estava paralisado de medo e quase derrubou o cantil.

O ferreiro, contudo, manteve sua presença de espírito. Com o balde d'água em sua mão, ele girou e, assim que o furioso cão saltou em sua garganta, jogou toda a água no animal. Chocado, o cachorro chorou e recuou por um instante. Foi o suficiente para Boudewyn agarrar-lhe pela coleira.

O forte cão sacudia e agitava-se para atacar seu agressor, mas era impotente contra a força de Boudewyn.

"Pegue a corrente e lance-a sobre o gancho no poço", falou Boudewyn, em meia voz.

Martin estava começando a compreender. Ele entendeu o que seu amigo queria, pegou a corrente, e a amarrou firmemente no gancho que ficava no muro externo do poço. Então, pegou o recipiente apressadamente e o colocou a uma distância segura. Momentos depois, o ferreiro estava ao seu lado. O cão começou a latir furiosamente, mas os dois fugitivos deixaram o quintal como se não houvesse nada de errado.

14

AMSTERDÃ

Agora descansados, Boudewyn e Martin fizeram um bom progresso durante a noite. Boudewyn conversava muito com seu jovem amigo. Ele percebeu que isso era bom para Martin, pois fornecia alguma distração para o garoto não pensar demais em seus pais.

O ferreiro também contou-lhe sobre seus planos de viagem. Os pais de Martin decidiram chegar a Emden por terra, mas Boudewyn tinha outros planos.

"Não podemos caminhar essa distância toda", ele disse para Martin. "Por isso, é importante que cheguemos a Amsterdã o mais rápido possível. Eu tenho amigos de fé reformada vivendo lá. Talvez, eles consigam nos ajudar a encontrar o navio para Emden. Essa seria a maneira mais barata e rápida de chegar lá. Quem sabe, talvez estejamos lá antes dos seus pais".

O coração de Martin batia mais rápido com a empolgação. Uma viagem como essa pelo mar o atraía.

Quando o dia amanheceu, eles viram uma vila à distância. Embora estivessem cansados, aceleraram o passo. Eles planejaram parar na primeira estalagem que encontrassem. Ali, teriam uma boa refeição e descanso. Boudewyn sentiu que agora eles já tinham viajado longe o bastante para serem avistados por outras pessoas com segurança.

Logo eles alcançaram um canal com muitos barcos e, relativamente perto, viram uma estalagem chamada De Rustende Schipper.[8]

O estalajadeiro já estava de pé. Ele ficou surpreso em ter clientes tão cedo, mas quando Boudewyn pediu uma grande refeição e mostrou algumas moedas, ficou mais que disposto a serví-los.

Pouco depois, eles sentaram comendo pão com queijo, carne e ovos. Martin bebia um copo de leite, enquanto Boudewyn tomava cerveja. Eles não se apressaram, mas desfrutaram de cada mordida. Boudewyn sentou de forma que pudesse observar o lado de fora enquanto comiam, alerta para algum perigo possível.

Quando acabaram de comer, Boudewyn iniciou uma conversa com o estalajadeiro. Ele dirigiu a conversa de forma tal que logo começassem a falar sobre os seguidores da "nova fé".

"A situação está terrível com esses hereges", disse o homem, balançando a cabeça. "Essa região está repleta deles, embora ultimamente tenha ficado um pouco melhor. Alguns dos piores foram queimados na estaca ou enforcados, e centenas têm fugido da vingança do nosso bom Rei Filipe. Mas temo que muitos da classe mais baixa ainda creiam secretamente nessas heresias. Enquanto isso, o comércio e os negócios decaem porque muitos fugiram. Certamente, é um tempo difícil".

---

8 O capitão do Descanso.

Neste instante, um novo cliente entrou na estalagem. Pela maneira como estava vestido, ficou claro que ele era um capitão. Ele pediu uma caneca de cerveja e juntou-se aos outros.

Aparentemente, ele costumava visitar o local, porque o estalajadeiro parecia conhecê-lo e imediatamente o trouxe para a conversa.

"Estamos discutindo sobre como é terrível essa época, Capitão Korevaer. Você não concorda comigo que os hereges são culpados disso? Os santos já não são adorados pelo bando rebelde e as coisas logo irão mal".

Capitão Korevaer pôs seu copo de cerveja vazio na mesa com um sonoro estalo. Seus intensos olhos azuis olhavam diretamente para o estalajadeiro.

"Também foram tempos maus quando todos adoravam os santos. Eu me lembro das histórias que meu avô contava sobre o pessoal do queijo e pão. Eles eram fazendeiros famintos de Waterland[9] que, devido à miséria, começaram a roubar, mas eles consideravam-se bons católicos romanos".

Enquanto isso, Boudewyn observava o capitão de perto. Ele parecia ser confiável. Quando o homem se levantou, Boudewyn disse: "Um momento, capitão, para onde você está velejando?".

"Para Amsterdã pelo Velho Reno[10]".

"Você está partindo logo?".

"Em aproximadamente meia hora se o vento continuar bom".

---

9   Município dos Países Baixos localizado na província da Holanda do Norte.

10 Braço do Delta do Rio Reno na região de Ultrech e da Holanda do Sul. É usado para navegação desde os tempos do império romano.

"E você aceita passageiros?".

"Somos um cargueiro, mas passageiros são bem-vindos se estiverem dispostos a pagar o suficiente".

O ferreiro sorriu. Pelo menos, esse capitão era honesto. Eles falaram um pouco mais e logo estavam de acordo um com o outro. Boudewyn e Martin navegariam no barco De Zeeman[11] até Amsterdã.

Quinze minutos depois, estavam a bordo. De Zeeman era um navio antigo, mas tinha sido bem cuidado. Assim que foi solto de seu ancoradouro, navegou muito bem.

Martin observava com grande satisfação tudo ao seu redor. Nessa grande porção de água, tudo era bonito. Leiden estava atrás deles e, à distância, ele podia ver as torres de Haarlem.

Boudewyn falava com o capitão, que permanecia no leme. Logo estavam conversando sobre os mesmos assuntos que discutiram mais cedo na estalagem.

O ferreiro foi cuidadoso em não dizer quem ele e seu jovem amigo eram, ou de onde eles vieram e para onde iam, mas quando conversaram sobre a fé dos dois, ele não ficou quieto.

Capitão Korevaer também não temia conversa. Pouco depois, ele disse: "Se as autoridades ouvirem vocês falando, certamente estarão em apuros! Mas não se preocupem", ele prosseguiu, "Govert Korevaer não é um fofoqueiro!".

"Eu percebi de imediato", Boudewyn respondeu com calma. "E, além disso, se o Senhor pedir, eu também estou disposto a morrer pelo verdadeiro Evangelho. Mas, e você, ainda acredita na mentira proclamada pelo papa?".

---

11 O Marinheiro.

O capitão encolheu seus ombros. "Todo esse assunto não me interessa nem um pouco", ele disse de forma áspera. "Eu acho terrível que pessoas que honestamente defendem sua fé sejam queimadas ou enforcadas. O país ficará arruinado desse jeito. E a culpa não é dos hereges, mas do Rei Filipe e do Cardeal Granvelle[12]. E o Duque de Alba parece ser ainda pior. É assim que me sinto, mas não sou um seguidor das novas doutrinas".

"Então, você perde o único conforto de um cristão", respondeu Boudewyn com honestidade. "É terrível que o bem-estar do país esteja em risco, mas é muito pior que toda a igreja seja depravada e milhares de pessoas percam-se para sempre! Você está familiarizado com a Sagrada Escritura?".

Korevaer balançou sua cabeça. "Para ser honesto, estive muito entretido com preocupações. A indústria naval está em péssimo estado por muitos anos. Eu tenho pouco tempo para ler".

Por algum tempo, eles continuaram a falar sobre o caminho da salvação, e isso pareceu impressionar o capitão. Mais tarde, quando o vento os pegou e o mar estava inóspito, ele não teve tempo para conversar, mas prometeu pensar sobre o que tinham discutido.

Lentamente, o dia passou. Era quase noite quando eles aproximaram-se de Amsterdã. O De Zeeman ancorou para a noite, e Boudewyn e Martin continuaram sua jornada a pé.

Quando eles disseram adeus, o capitão alertou: "Tomem muito cuidado em Amsterdã. Não é fácil para pessoas como vocês!".

---

12 Antoine Perrenot de Granvelle (1517-1586) foi o primeiro prelado da arquidiocese de Malinas-Bruxelas. Influente político no governo de Felipe II da Espanha também ficou conhecido como grande mecenas e colecionador de obras de arte. Participou ativamente do Concílio de Trento e apoiou a perseguição aos reformados na Europa.

"Como assim?", questionou Boudewyn.

"O burgomestre[13], Joost Buyck, é um inimigo absoluto de todos os hereges. Muitas pessoas já foram queimadas na Praça Dam, e eu odiaria ver isso acontecendo a vocês!".

"Nós seremos cuidadosos", prometeu o ferreiro. "Aconteça o que acontecer, porém, sabemos que nossas vidas estão nas mãos de Deus".

Eles disseram adeus para Korevaer e seu servo, e começaram a caminhar. Uma hora depois, pouco antes do pôr-do-sol, entraram em um dos portões da cidade de Amsterdã.

Ali havia muito mais para Martin ver! Embora já fosse bastante tarde, havia ainda muitas pessoas caminhando nas ruas. E as casas eram tão grandes! Todo mundo na cidade devia ser rico, pensou o jovem menino, que nunca estivera em uma cidade grande até então.

Logo ele percebeu que estava errado. Eles viraram em uma pequena rua lateral, e dali caminharam por um beco. De repente, estavam em uma parte completamente diferente da cidade. Aqui, as casas eram muito menores. As roupas das pessoas também mostravam pouca prosperidade.

Eles caminharam por uma ruela suja. O crepúsculo declinava, e aqui e ali, homens estavam na rua, encostados nas casas, enquanto conversavam com seus vizinhos.

Boudewyn parou em frente a uma residência humilde, bateu na porta, e aguardou. Levou um bom tempo antes que a porta fosse aberta. Boudewyn teve que bater uma segunda vez. Quando a porta finalmente abriu, tudo foi feito com cuidado, e um homem olhou para eles com suspeita. Subitamente, toda sua expressão mudou, e um grande sorriso atravessou seu rosto.

---

13 Espécie de prefeito da cidade.

"Ferreiro Boudewyn! Que surpresa!", ele exclamou com empolgação.

"Eu quase comecei a pensar que a porta não abriria dessa vez, Floris Bouterse", gargalhou Boudewyn.

Floris rapidamente observou a rua para ver se alguém poderia escutar. Então, ele respondeu suavemente: "Nós achamos que pode haver perigo. Muitos reformados foram arrancados de suas casas nas últimas semanas. Entrem. Vocês são mais que bem-vindos".

Eles estraram em um pequeno corredor. Floris trancou a porta com segurança e, então, abriu a segunda porta, que levava a uma sala pequena. Uma jovem estava sentada à mesa, e uma criança pequena dormia em um berço que ficava no canto.

Momentos depois, eles estavam animadamente conversando. Embora cortinas cobrissem as janelas, eles tomavam cuidado para não falar muito alto, temendo a possibilidade de espiões escutarem.

Floris Bouterse costumava morar na mesma vila de Boudewyn. Agora, ele estava casado e já vivia em Amsterdã por muitos anos, trabalhando para um manipulador de alimentos. Ele tinha muita história para contar sobre a perseguição que acontecia na cidade. Muitos reformados tinham fugido para outro país, e aqueles que ficavam viviam em constante risco.

Eles foram estritamente proibidos de organizar cultos públicos, mas, ainda assim, reuniam-se em total segredo. Amanhã seria domingo, e Floris lhes explicou como eles teriam um culto no fim da noite em um dos depósitos de grãos. Eles faziam esses cultos após anoitecer, pois assim haveria menos chances de serem pegos. Como Martin e Boudewyn estavam lá, eles também poderiam participar.

A noite passou rapidamente. Boudewyn contou a história dos pais de Martin e de como eles estavam tentando fugir para Emden. Floris tinha amigos entre os navios mercantes, e ele prometeu tentar colocá-los em um navio.

Antes que percebessem, era hora de dormir. Floris pegou uma Bíblia, que tinha sido guardada em um canto oculto. Depois que ele leu um capítulo, todos se ajoelharam, e Boudewyn os liderou em oração, pedindo que o Senhor os protegesse durante a noite.

15

ATACADOS!

Boudewyn e Martin receberam camas no sótão. Os dois estavam cansados e logo dormiam profundamente.

Na manhã seguinte, eles dormiram até tarde. Boudewyn foi o primeiro a levantar. Martin continuou a cochilar um pouco mais e, quando finalmente levantou, estava bem descansado.

Durante a noite, o tempo mudara. Tinha começado a chover, e gradualmente o vento aumentou até estar tempestuoso e nuvens negras ajuntarem-se de vez em quando.

O dia passava lentamente. Boudewyn percebeu quão perigosa era Amsterdã, e achou melhor apenas ficar dentro de casa. Era possível que Floris já fosse um suspeito de pertencer aos hereges, e estranhos em sua casa poderiam levantar mais suspeitas. Era bem possível que alguém avisasse as autoridades, e a casa seria vasculhada.

Além disso, o tempo também não estava apropriado para uma caminhada. A todo momento, chovia torrencialmente.

Boudewyn discutia muitas coisas com Floris e sua esposa, enquanto Martin escutava sentado.

O anfitrião contou-lhes dos muitos amsterdameses que foram queimados na estaca por causa de sua crença, de motins que aconteceram há um ano, e das muitas medidas que as autoridades tomaram. Há pouco tempo, um homem foi condenado à morte porque, em um levante, tinha convencido alguém a não atirar em uma das autoridades. O juiz disse: "Aquele homem lhe escutou. Obviamente, você tem alguma influência sobre esses hereges e rebeldes. Você deve ser um também!".

Finalmente, era noite. Escureceu mais cedo que o normal devido ao tempo ruim. Na verdade, a tempestade e a chuva eram uma vantagem. Agora haveria menos pessoas na rua, e isso diminuiria as chances de eles serem avistados quando entrassem no local onde o culto seria realizado.

O ponto de encontro era um antigo celeiro vazio. Ele pertencia ao patrão de Floris. O empresário rico tinha medo de juntar-se à fé reformada, mas permitiu que os reformados usassem seus prédios para seus encontros. Isso nunca foi discutido entre eles. Floris tinha uma chave para o depósito, e tinha responsabilidade total.

Eles saíram bem cedo, porque Floris deveria abrir o local e queria estar lá antes que outros chegassem.

Eles caminharam por muitas ruas diferentes. A Sra. Bouterse carregava o pequeno filho. Caso avistassem um xerife ou um de seus ajudantes na penumbra, fariam um desvio.

Eventualmente, chegaram ao Rio IJ[14]. A água fazia barulho devido ao vento, e Boudewyn teve de segurar seu chapéu para não perdê-lo. Em mais cinco minutos, eles tinham chega-

---

14 Pequeno lago de água doce situado em Amsterdã. IJ é um diagrama em holandês (Aa) e significa água. O segundo A é substituído pelo J maiúsculo. A origem do nome Aa é uma degradação de um mote germânico-holandês *aha*.

do ao depósito. Ficava de frente ao rio IJ e era cercado de todos os lados por outros galpões altos.

O cais estava vazio. Floris rapidamente destrancou a porta, e eles entraram. Com o vento forte, era muito mais agradável dentro do que fora.

Assim que seus olhos ajustaram-se à escuridão, Martin viu uma escada de pedra que levava ao sótão. Floris já havia lhes dito que eles encontravam-se ali. Eles permaneceram embaixo, ao lado da porta, para a hora de permitir que os outros entrassem. Por dez minutos, não ouviram nada além da voz do vento. Então, subitamente alguém bateu na porta, primeiro três batidas fortes, então três fracas. Martin pulou, estava muito nervoso.

Floris colocou sua boca na fechadura e disse: "Quem está aí?".

"Aquele que vencer herdará todas as coisas", foi a resposta. Floris imediatamente abriu a porta, e um homem e uma mulher entraram no prédio.

Na próxima meia hora, essa cena repetiu-se muitas vezes – o mesmo sinal com as batidas, a mesma pergunta e a mesma resposta. Eventualmente, cinquenta ou sessenta pessoas reuniram-se: homens, mulheres e crianças. Apesar do êxodo em massa de tantos reformados de Amsterdã, ainda havia muitos na cidade, mas eles não ousavam ajuntar-se em grandes grupos. Isso seria muito perigoso.

Haveria outros recém-chegados além de Boudewyn e Martin. Eles eram novos convertidos à fé. Mais e mais pessoas eram atraídas à fé reformada quando viam a reação dos que eram perseguidos. Elas ficavam maravilhadas com a força desses crentes, e também queriam ouvir mais sobre esse Evangelho que parecia dar tanta convicção e força às pessoas.

Muitos deles pareciam conhecer-se, e aqui e ali, uniam-se em grupos e conversavam gentilmente. Ninguém perguntou quem eram Boudewyn ou Martin. Era suficiente saber que eles tinham vindo com Floris. Quanto ao mais, era melhor não saber nomes demais.

Com a porta trancada com segurança, todos eles subiram as escadas até o sótão.

Não havia cadeiras ou bancos, mas havia muitos baús, e eles foram usados como assento. Boudewyn e Martin sentaram bem na frente com Floris e sua esposa. Martin estava muito nervoso e imaginou o que aconteceria a seguir.

Alguém sentado próximo a Boudewyn levantou-se. Ele caminhou até um tipo de balcão que ficava na frente e sobre o qual havia duas velas. Martin pensou que aquele deveria ser o pregador.

Ele era um rapaz com cabelo loiro escuro. Seu rosto era fino e pálido, e era óbvio que tinha sofrido muito, mas seus olhos brilharam enquanto esteve diante da congregação.

Ele pronunciou a bênção, orou com súplica ao Senhor, leu Romanos 8 e, então, começou a pregar.

Fascinado, Martin escutou. Até então, ele não esteve muitas vezes em um culto de adoração. Um ano atrás, eles assistiram duas vezes um pregador ao ar livre, mas ele não ficou tão impressionado pelo que ouviu quanto dessa vez. Nem um ruído sequer era ouvido no salão onde o jovem falava sobre o amor de Cristo, que capacita todos os crentes a triunfarem. No fim das contas, era isso que eles experimentavam diariamente!

Ele estava quase terminando a pregação, quando, de repente, uma pancada sonora na porta de baixo foi ouvida. "Abram, seus hereges, ou faremos a porta em pedaços!".

Por um momento, parecia que algumas pessoas entrariam em pânico. Os homens ficaram de pé e algumas crianças começaram a chorar, mas o pregador conseguiu manter a ordem e todos calmos.

Floris rapidamente caminhou para o fundo da sala. Havia uma pequena porta na parede, a qual ele abriu. Pelo vento que soprou, estava claro que era uma porta para o lado de fora, mas não era possível ver algo na escuridão.

Floris não precisava de luz, contudo. Ele sabia precisamente o que deveria ser feito. Rapidamente, ele pegou uma tábua grande e longa que ficava perto da porta e a empurrou até o fim, depositando-a na borda do telhado do armazém ao lado. Assim, fez-se uma ponte estreita cobrindo a distância de dez metros entre as duas construções.

No solo, o barulho ficava cada vez mais alto. Após repetidas ordens, como ninguém abria a porta, os soldados pegaram seus machados e começaram a cortar. Os sons abafados podiam ser claramente ouvidos de cima.

"Agora, escapem rápida e organizadamente", instruiu Floris, em voz não muito alta. "Mulheres e crianças, primeiro!".

Em seguida, todos se ajuntaram em torno da pequena porta dos fundos. Uma mulher com uma criança nos braços caminhava hesitantemente sobre a tábua enquanto Floris dava as últimas instruções.

"Vocês todos conhecem o caminho. Virem à esquerda do escoadouro e, no fim do caminho, e lancem-se sobre um telhado plano, que tem aproximadamente um metro e meio de altura. Corram pelo telhado plano até encontrar uma escada que levará vocês até a rua. Assim que saírem pela passagem estreita, corram em diferentes direções para não serem detectados".

Um por um, os membros da congregação escaparam pela tábua estreita que se estendia pelo vão. Algumas crianças precisaram de um pouco de encorajamento pra dar seus primeiros passos pela ponte relativamente insegura, mas ninguém entrou em pânico. Não obstante, começou a parecer que nem todos teriam chance de escapar. Eles podiam ouvir as portas de baixo sendo lentamente destruídas pelos constantes golpes dos machados. A qualquer momento, eles chegariam ao fim e ainda havia muitas pessoas no sótão esperando sua vez.

Boudewyn abriu caminho por entre a multidão até alcançar Floris. "Eu atrasarei os soldados até que todos tenham escapado", disse. "Eu não tenho esposa, nem filho, então sou o melhor para fazer isso. Por favor, tome conta de Martin se algo acontecer a mim". Imediatamente, ele partiu.

Quando o ferreiro estava na metade da escada, viu que não havia muito que poderia fazer lá embaixo. A esta altura, não havia maneira de impedí-los de destruir a porta. Já havia buracos tão grandes que a luz das tochas flamejantes dos soldados podia ser vista.

Boudewyn voltou para o sótão. Ele tinha um plano melhor. Rapidamente, ele arrastou os baús vazios que serviram de assento até o topo da escada.

Abaixo, os assistentes do xerife continuavam seu árduo trabalho. A fechadura cedeu e a porta foi aberta. O xerife, com seus assistentes e uma tropa de soldados portando espadas, apressaram-se. Com a luz de suas tochas, viram que não havia ninguém embaixo. O xerife apontou para a escada e ordenou: "Em cima! É ali que encontraremos esses terríveis rebeldes!".

Alguns homens, levando uma tocha em uma mão e uma espada na outra, subiram os degraus. Outros seguiram. Boudewyn esperou até que os primeiros estivessem na metade da escada. Então, ele empurrou uma pilha de baús pelos degraus íngremes e altos.

Os atacantes estavam completamente despreparados para isso. Assustados, eles largaram suas tochas e armas e, sem êxito, tentaram deter o avanço dos baús. Com muitos gritos e berros, todos eles caíram.

Era um barulho ensurdecedor e, por alguns instantes, houve caos completo no térreo. Ninguém foi seriamente ferido, mas muitos sofreram cortes e contusões.

Boudewyn utilizou a situação para rapidamente arrastar mais baús até o topo das escadas. Ao mesmo tempo, ele perguntou em voz baixa para Floris: "Está quase acabando?".

"Mais quinze pessoas, aproximadamente", ele respondeu. "Tente segurá-los por mais dois minutos!".

"Eu devo conseguir", ele respondeu com confiança, enquanto tomava seu posto novamente.

O xerife tinha restaurado a ordem entre as tropas. Eles estavam prontos para avançar sobre a escada novamente. Dessa vez, os agressores estariam mais vigilantes. Alguns soldados, vestindo elmos, foram os primeiros a subir, com suas cabeças abaixadas. Logo atrás deles, em grupos compactos, os assistentes do xerife seguiam.

Boudewyn jogou alguns baús. Desta vez, contudo, as tropas simplesmente os agarraram e os deixaram cair pela lateral da escada, de forma que as arcas aterrissaram inofensivamente no andar de baixo. Enquanto isso, eles continuavam a subir os degraus o mais rápido possível.

"Está ficando arriscado", murmurou o ferreiro. Ainda havia uma pilha alta de baús. Com grande esforço, ele os empurrou escada abaixo e então saltou sobre eles também.

Os resultados foram incríveis. Os agressores tentavam empurrar os baús, mas havia muitos. Com um gigante vindo atrás, sua resistência esmoreceu. Os soldados caíram para trás, derrubando também os que lhes seguiam.

Parecia que uma grande vassoura tinha limpado os degraus de uma vez, tão rápido que logo todos haviam desmoronado. Com seus braços fortes, Boudewyn nocauteou os poucos que ainda estavam de pé. Então, ele rapidamente voltou para a escada.

Agora, o sótão estava vazio. Somente Floris ainda precisava escapar. Ele chamou Boudewyn com cuidado: "Siga-me rápido, e não se esqueça de derrubar a tábua assim que tiver atravessado!"

"Não se preocupe comigo!", respondeu Boudewyn. Ele olhou as escadas mais uma vez e viu que os perseguidores não estavam prontos para o próximo ataque. Então, correu até a saída.

Floris Bouterse já tinha desaparecido de vista. O ferreiro observou a distância que a tábua cobria. "Se houver necessidade, eu sempre posso saltar essa distância", ele murmurou para si mesmo, "mas, se eu sair agora, a fuga será descoberta muito rápido". Com isso, deu um empurrão na tábua, fazendo-a voar. Ele correu de volta para o alto da escada.

O xerife novamente restaurara a ordem entre suas tropas. Ele mandou que subissem a escada pela terceira vez, impelindo-os com ameaças violentas. Cautelosamente, eles subiram os degraus, imaginando o que os receberia dessa veze, mas quando nada surgiu descendo, renovaram sua coragem.

Boudewyn não tinha mais baús a sua disposição, mas ele não estava pronto para desistir da luta. Quando o primeiro grupo de agressores estava prestes a entrar no sótão, ele os empurrou de volta com grande força. Imediatamente, dois ou três saltaram adiante.

O ferreiro estava desarmado, mas lutava como um leão. Três homens o agarraram, e um deles o perfurou com sua espada. Boudewyn cambaleou, e houve desmedida comemoração quando ele tombou.

16

FUGINDO NOVAMENTE

Martin deixara o sótão com a Sra. Bouterse e seu filho. Eles chegaram a um telhado baixo e plano seguindo o caminho do escoadouro e, então, a uma escada de madeira que levava a um beco estreito. Isso os conduziu até uma rua quieta. Eles observaram cuidadosamente em volta da esquina, mas nada viram de suspeito, então rapidamente seguiram adiante. Os outros fizeram o mesmo e, num instante, todos tinham seguido rumos diferentes.

Estava escuro e o vento uivava pelas esquinas da rua. Sra. Bouterse estava muito quieta. Ela pressionava o bebê, que estava bem agasalhado para o clima, contra si. A escuridão cobria sua aparência pálida, assim como as lágrimas que ocasionalmente desciam por seu rosto. Ela estava terrivelmente preocupada com seu marido. Ela tinha certeza de que ele seria o último a partir, e havia grande chance de os agressores lhe capturarem antes que pudesse escapar. Nem ela nem Martin sabiam que Boudewyn tinha se voluntariado para conter os agressores depois que eles saíram.

Eles conseguiram chegar em sua casa com segurança. Sra. Bouterse pôs o filho no berço, fechou cuidadosamente as cortinas, então acendeu a lâmpada. Martin notou o rosto banhado de lágrimas da mulher, e sentiu-se embaraçado por isso. Ele também se sentia muito desconfortável não apenas por causa do Sr. Bouterse, mas também por seu amigo Boudewyn.

Sra. Bouterse logo se recompôs e acalmou-se. "Se esta é a vontade do Senhor, então logo eles virão para casa", ela disse calmamente. "E se Sua vontade for outra... Somente Ele sabe o que é melhor para nós".

Eles esperaram por quinze minutos, o suspense crescendo a todo instante. Então, eles ouviram um barulho na porta, que Sra. Bouterse deixara destrancada de propósito. Floris entrou. Sua esposa jogou-se em seu pescoço com pura alegria.

"Onde está Boudewyn?", perguntou Martin.

"Eu espero que ele esteja aqui muito em breve", foi a resposta.

"Nós podemos agradecer ao Senhor por Boudewyn estar lá. Graças à ajuda dele todos nós pudemos escapar com segurança!". Então, ele contou como o ferreiro conteve os oponentes com bravura. "Eu lhe disse que viesse imediatamente atrás de mim", Floris acrescentou.

Meia hora depois, quando Boudewyn ainda não tinha aparecido, todos ficaram apreensivos.

"Temo que algo tenha dado errado", comentou Floris Bouterse depois de um tempo. "Boudewyn deveria estar aqui há muito tempo se tivesse partido depois de mim. Talvez ele tenha tentado encobrir nossa fuga por tempo demais e acabou nas mãos dos nossos agressores. Sinto-me culpado por partir sem ele".

Nervosamente, ele caminhava de um lado para o outro na pequena sala. Martin também estava cada vez mais ansioso e lutava para conter suas lágrimas.

Mais quinze minutos passaram. Subitamente, Floris disse: "Eu vou procurar por ele".

Sua esposa ficou branca como papel, mas ela não tentou detê-lo. Apenas implorou que seu marido fosse extremamente cuidadoso.

Floris estava prestes a passar pela porta quando se ouviu passos apressados descendo a rua. Poucos segundos depois, Boudewyn correu para dentro.

Os três ansiosos não conseguiram conter um grito de alívio e surpresa, mas quando observaram Boudewyn, ficaram alarmados. Sua face estava pálida e molhada de suor, e suas roupas, manchadas de sangue.

"O que aconteceu?", perguntou Sra. Bouterse, sobressaltada.

O ferreiro desabou em uma cadeira, exausto, e arfava profundamente por correr tão rápido. Ainda assim, já estava sorrindo de novo.

"Ah, eu tive uma pequena briga com os soldados. Se eu tivesse seguido Floris imediatamente, a fuga seria descoberta logo. Os soldados conseguiriam chegar mais rápido no exterior do prédio do que seríamos capaz de fazer pelos telhados. Eu decidi fechar a porta dos fundos e segurá-los um pouco, mas eventualmente eles ameaçaram me dominar. Eu consegui uma ferida horrível no meu ombro, e três homens caíram sobre mim.

Eu tinha apenas uma última chance, e fiz uso dela. Eu envolvi os três com meus braços e rolei para que todos nós caíssemos da escada. Não foi muito agradável, mas foi pior para eles do que para mim. Estávamos no chão em um segundo! Então, levantei e corri até a porta antes que alguém pudesse me pegar.

Vocês podem imaginar que logo eu tinha todos eles correndo atrás de mim, mas felizmente eu consigo correr muito rápido e conheço o caminho aqui na cidade. Depois que os guiei para completamente longe da região, conseguiu despistá-los e parti para cá".

Boudewyn contou essa história tão calmamente quanto se fosse uma ocorrência diária, mas suas roupas rasgadas e ensanguentadas contavam uma história diferente.

Sra. Bouterse rapidamente pôs-se a limpar e costurar o ombro ferido dele. O ferreiro tinha recebido um corte profundo, e perdera muito sangue, mas não parecia haver qualquer perigo real.

Enquanto isso, eles discutiam o que fariam a seguir. Todos os membros da congregação tinham conseguido escapar, e os inimigos encontraram apenas Boudewyn no sótão do depósito. Portanto, havia agora a possibilidade de que tudo corresse bem. Mas, se alguém os tivesse traído, e este certamente parecia ser o caso, então havia uma boa chance de que os caçadores de hereges batessem na porta de Floris em um dia ou dois.

Floris e sua esposa muitas vezes discutiram essa possibilidade. Eles decidiram que, caso a necessidade surgisse, tentariam escapar de navio para outro país onde fosse seguro. Eles decidiram que primeiro deveriam esperar alguns dias para ver como as coisas se desenvolveriam. Bem cedo, no dia seguinte, eles iriam até um amigo na outra parte da cidade. Floris pediria a um bom vizinho que ficasse de olho em sua casa e visse se havia alguma razão para preocupar-se. Ele também planejou contar ao seu patrão o que tinha ocorrido. Muitos funcionários da prefeitura também eram amigos, e talvez eles pudessem descobrir para Floris o que as autoridades sabiam e que medidas elas planejavam tomar.

Esses planos tinham riscos, mas fugir para um país estrangeiro também não era uma alternativa agradável. Eles não queriam deixar Amsterdã e seus companheiros crentes a não ser que fosse absolutamente necessário.

Floris e sua esposa gostariam de ter a companhia de Boudewyn e Martin, mas o ferreiro tinha outras ideias.

"Salvar suas próprias vidas vai lhes custar bastante esforço", ele afirmou. "Não devemos ser um obstáculo para vocês por mais tempo. Eles estão à procura de mim porque todos me viram esta noite. Martin e eu precisamos sair da cidade antes que o novo dia nasça".

Depois de mais discussão e reflexão, os Bouterses concordaram com seu hóspede. Boudewyn explicou que seu ombro não o incomodaria muito, mas que ele, claro, precisava de outras roupas. Felizmente, Floris também era um homem muito grande, e eles conseguiram achar algumas coisas que coubessem no ferreiro.

Uma hora depois, eles estavam prontos para a partida. Sob nenhuma circunstância Boudewyn queria que Floris ou sua esposa saíssem com eles para mostrar o melhor caminho para deixar a cidade. Assim, Floris cuidadosamente explicou qual era a melhor rota para tomarem.

Floris e sua esposa tinham lágrimas em seus olhos quando disseram adeus a seus amigos.

"Que o Senhor os acompanhe, e que possamos nos encontrar novamente em circunstâncias mais agradáveis", Floris disse enquanto apertava as mãos deles.

Momentos depois, eles estavam caminhando pela noite escura e tempestuosa.

Martin estava em um pequeno conflito consigo mesmo. Ele estava feliz que Boudewyn tinha retornado, mas ele achava terrível que já precisassem seguir adiante. Ultimamente, sua vida parecia uma grande fuga na escuridão da noite. Parecia que nunca seria dia novamente!

Era uma jornada muito tensa. Muitas vezes, eles precisaram esconder-se em portas ou becos escuros para evitar serem percebidos. Eventualmente, chegaram ao Rio IJ.

O vento soprava com força no cais deserto, quase lhes derrubando. Boudewyn procurava cuidadosamente enquanto eles caminhavam junto ao rio banhado pela tempestade. Finalmente, eles encontraram o que procuravam. À beira d'água, havia um tosco barco a remo que pertencia a um pescador reformado, um amigo de Floris.

Eles entraram no barco, que balança para frente e para trás sobre as ondas. O ferreiro desamarrou a corda e pegou os dois remos. Martin pegou um terceiro para ajudar com a direção.

Quando eles deixaram a segurança do porto, perceberam quão forte estava o vento. Com muita dificuldade, Martin conseguia guiar o barco.

Nos primeiros minutos, Boudewyn foi capaz de remar continuamente para frente, e eles fizeram bom progresso, mas gradualmente a força de Boudewyn diminuiu, e o barco movia-se mais devagar. Finalmente, ele largou os remos e agarrou seu ombro.

"Você vai ter que me substituir, Martin", ele disse, a dor evidente pela maneira como falava. "O ferimento começou a sangrar de novo, e meu braço não vai mais cooperar".

Essa notícia assustou Martin. Ele conhecia Boudewyn bem o bastante para saber que ele não era um molenga. Agora, não havia tempo de fazer alguma coisa quanto ao ferimento porque o barco já começava a sair do curso. Eles trocaram rápido de lugar e, valorosamente, Martin tentou remar mais.

O rapaz tinha um porte firme e já remara antes, mas nunca em uma tempestade assim e nunca em uma expansão de água tão grande. A tarefa era quase demais para ele, e eles fizeram pouquíssimo progresso. Ocasionalmente, uma grande onda batia na lateral do barco.

Quando estavam no meio do rio, um navio sem iluminação apareceu subitamente pela esquerda. Boudewyn deu um grito de alerta a tempo. Com toda sua força, Martin puxou os remos, e foi capaz de evitar uma colisão com o navio. O capitão da embarcação sequer os viu.

Depois de uma batalha árdua e longa contra o vento e as ondas, eles chegaram à outra costa e amarraram o barco à beira d'água. Floris Bouterse tinha prometido que diria a seu amigo onde o barco estava.

Boudewyn reajustou o curativo em volta de seu ombro. Felizmente, o sangramento tinha parado e a dor era menor.

Amsterdã agora ficava para trás. Eles estavam gratos por serem mais uma vez capazes de escapar de grande perigo.

Eles caminharam por uma quieta estrada rural e gradualmente a tempestade começou a acalmar-se. Eles conversavam muito enquanto andavam. Boudewyn falou sobre perseguição que estava acontecendo nos Países Baixos por mais de quarenta anos. Mais de dez mil pessoas foram mortas das maneiras mais terríveis.

Os reformados não eram rebeldes. Eles honravam o rei e obedeciam as leis da terra, mas eles também sabiam que seu compromisso prioritário era com o Senhor Deus. Portanto, eles não podiam concordar com os desejos do rei, que os proibiu de ler a Bíblia e exigiu que permanecessem membros da Igreja Católica Romana.

Recentemente, a situação tornara-se quase insustentável. Os reformados tinham esperança de que o Príncipe de Orange,

que era um membro do Conselho e governador das províncias da Holanda e Zelândia[15], lhes ajudaria, mas ele não ajudou. Ele também fugiu do país. Agora, Alba estava na Holanda. A perseguição ia ficando pior e, provavelmente, ficaria ainda mais severa.

Enquanto Boudewyn explicava tudo isso a Martin, ele também ressaltou que a igreja não tinha sido destruída. O próprio Senhor a defenderia.

---

15 Provincia dos Países Baixos, localizada entre o Mar do Norte e as provincías belgas Flandres Oriental e Fladres Ocidental.

17

O CHALÉ

Boudewyn e Martin caminhavam por horas sem considerar quão cansados estavam. As estrelas ficavam mais fracas e o céu mais claro enquanto o vento assoprava as nuvens para longe. Lentamente, o céu oriental ficou vermelho enquanto o novo dia nascia.

Gradualmente, mais pessoas estavam andando ou cavalgando pela estrada. Os fazendeiros saíam para ordenhar suas vacas, e os entregadores seguiam até Amsterdã com suas mercadorias.

Boudewyn não gostava de ser visto por tantas pessoas. Várias vezes, ele seguiu rumo à direita até que eles terminaram em uma grande área coberta por juncos. Pouco depois, eles encontraram um caminho que seguia entre as plantas.

Quando já não poderiam ser visto pelos transeuntes, procuraram um lugar onde podiam sentar-se e descansar. Boudewyn pegou o pão e a manteiga que Sra. Bouterse tinha lhes dado.

Foi bom sentar e descansar. Quando Martin terminou de comer, ele deitou e fechou os olhos. Era maravilhoso ficar ali sob o calor do sol da manhã. Os juncos sussurravam com a brisa, e os pássaros cantavam sua canção matinal. Por um momento, ele apreciou tudo aquilo e, então, com um sorriso no rosto, adormeceu.

Boudewyn também sentou e relaxou, mas não arriscou dormir porque poderia ser muito perigoso. Depois de dormir por várias horas, Martin acordou. Ele concordou com a sugestão de Boudewyn de seguir novamente.

Eles continuaram caminhando pelos juncos na direção do norte. Gradualmente, o solo ficou mais pantanoso, e eles precisaram fazer desvios em torno dos grandes charcos que bloqueavam o caminho. Era muito quieto aqui, embora eles ocasionalmente vissem pegadas no caminho que percorriam.

Subitamente, um pássaro voou grasnando ruidosamente a poucos metros de distância. Boudewyn saiu para investigar e encontrou um ninho com quatro ovos. Ele os trouxe consigo e, pouco depois, os colocou em uma profunda poça d'água para ver se eles ainda estavam frescos. Os ovos pareciam estar bons. Eles poderiam ter boa utilidade mais tarde.

Animadamente, eles seguiram, mas, dez minutos depois, tiveram um acidente infeliz. Em um ponto onde o solo parecia sólido e firme, Martin subitamente afundou até o peito. Ele gritou de terror. Boudewyn rapidamente veio ao resgate. Ele alcançou com seu cajado e puxou Martin em segurança. O rapaz estava um desastre. Suas roupas estavam cobertas de uma camada de lodo e lama, e água suja escorria. Ele estava quase chorando.

Era importante que eles fizessem algo logo, porque seria impossível que Martin continuasse nesse estado. Depois das últimas experiências, eles estavam hesitantes quanto a misturar-se às pessoas, mas não havia alternativa. De que outra forma Martin conseguiria roupas limpas?

Como essa parecia ser a única escolha, eles caminharam rapidamente em busca de um caminho para a esquerda, a direção onde pensavam que uma comunidade estava situada. Parecia que a grama alta e a juncada não tinham fim. Sendo alto, Boudewyn podia apenas espiar por cima da grama, mas em lugar algum ele via algo que parecesse uma casa. Quando aconteceu de ele olhar para a direita, subitamente percebeu um ponto escuro que poderia ser um telhado.

Um pouco depois, o caminho fez uma curva acentuada para a direita e agora parecia ir direto para uma casinha. Cinco minutos depois, o trajeto chegava a um final abrupto à beira de uma grande lagoa. O chalé estava em uma pequena ilha. Ele era muito grande, e o lugar era bem guardado. Não havia barco em lugar nenhum.

Boudewyn olhou para Martin. "Você sabe nadar?".

Martin assentiu. "Realmente bem. Eu sempre nadava no rio".

"Excelente. Então, nadaremos por aqui, pois parece ser a única maneira de chegar lá".

Eles tiraram seus sapatos, amarraram-nos em suas costas e entraram na água. Logo a água estava profunda demais para caminhar, então começaram a nadar e alcançaram a ilha sem incidentes.

Encharcados, caminharam em torno do chalé. Não havia ninguém por lá, mas parecia ser a casa de alguém.

A porta estava destran-cada e, sem mais hesitação, Boudewyn entrou, seguido por Martin. O chalé tinha dois cômodos, com o quarto ocupando a parte posterior da casa. Na sala da frente havia uma mesa, algumas cadeiras, um pequeno fogão, uma arca e alguns outros

itens. Tudo era muito organizado, mas o proprietário não estava em lugar algum.

O ferreiro abriu a porta para o quarto. Havia três leitos construídos um em cima do outro.

"Teremos que fazer uso disso", comentou Boudewyn. Virando para Martin, ele acrescentou: "Tire suas roupas e vá para a cama. Eu vou lavá-las no lago e deixá-las secando ao sol".

Martin fez como lhe foi dito. Ele não ficou muito tempo na cama antes que o sono o derrotasse.

Boudewyn também tirou suas roupas de cima e as colocou ao sol. Suas roupas de baixo teriam de secar enquanto ele trabalhava. Ele enxaguou as roupas de Martin várias vezes até que o lodo saísse e, então, as estendeu no gramado próximo da casa. A seguir, vestiu-se novamente. Foi para o chalé, acendeu a lareira, pôs um pouco de água em uma panela pequena e cozinhou os ovos. Ele daria dois para seu jovem amigo, mas percebeu que ele dormia profundamente.

"Isso é ainda melhor", murmurou enquanto fechava a porta silenciosamente. "Ele precisa mais de sono do que precisa de comida".

Ele deitou em uma cadeira e aguardou que o proprietário desse notável chalé, isolado de outras pessoas, voltasse para casa. Que tipo de homem ele seria? Talvez ele colhesse junco para usá-lo como telhado, ou possivelmente fosse um caçador.

Estava quente na sala e, gradualmente, ele ficou sonolento. O fato de não ter dormido muito nos últimos dias não ajudou. Em alguns momentos, ele despertou assustado de um cochilo leve, mas, eventualmente, adormeceu.

Meia hora se passou. Então, pela água, o som de alguém remando podia ser ouvido enquanto os remos atingiam a lagoa.

Lentamente, o som ficou mais perto e mais perto, mas o ferreiro não percebeu nada.

Passos se aproximaram. Boudewyn ainda dormia. Ele acordou de uma vez quando a porta rangeu aberta e um raio de sol desceu sobre a sala.

Por um instante, ele não pôde ver claramente graças à luz ofuscante. Então, conseguiu perceber uma sombra na porta, e o que ele viu quase o fez gritar alarmado. O homem que estava à sua frente tinha um porte forte, embora não fosse tão grande quanto ele. Um rifle estava pendurado em seu ombro, e, em sua mão esquerda, estavam os patos que ele tinha atingido.

A característica mais notável no homem era seu rosto. Sua pele era bem bronzeada e seus olhos eram vívidos, mas suas orelhas tinham sido cortadas!

O homem continuou a olhar severamente para Boudewyn, sem dizer uma palavra. Boudewyn, que agora estava bem acordado, ficou de pé. "Você é o dono dessa casa?", ele perguntou.

O homem assentiu, mas ainda não falava. Continuou a olhar fixa e implacavelmente para o ferreiro.

"Por favor, desculpe-nos por entrar sem sermos convidados. Nós estamos em apuros. Meu jovem amigo afundou até o peito no pântano, e não havia outra casa à vista".

Agora, pela primeira vez, o estranho também falava. Sua voz era austera. "Então você não está sozinho. Onde está seu amigo?".

"Ele está dormindo na outra sala. Mais uma vez, perdoe-nos, não tivemos outra escolha".

"Para onde vocês estão indo?"

"Para o norte", respondeu Boudewyn. Ele não gostava de revelar mais informações do que o absolutamente necessário.

"O que os faz viajar por esse pântano inóspito quando há muitas estradas boas que vocês podem usar?".

"Nós temos boas razões, que não estou pronto para discutir no momento", foi a resposta.

Por um momento, o anfitrião indiferente continuou a fitar seu hóspede indesejado. Então, sua expressão relaxou, e um sorriso cruzou seu rosto.

"Você pode ficar aqui. Sinta-se em casa enquanto eu preparo uma refeição", disse. Sem olhar novamente para o ferreiro, começou a depenar e preparar os patos que tinha abatido. Ele soprou gentilmente o fogo para acendê-lo novamente e colocou uma panela ali. E rejeitou a oferta de ajuda de Boudewyn. "Eu estou acostumado com isso e posso gerenciar bem", respondeu.

Não demorou muito até que um aroma agradável envolvesse a sala.

Naquele momento, Boudewyn saiu. As roupas de Martin estavam secas agora. Ele as pegou e levou para o quarto.

Martin acabara de despertar e, enquanto vestia-se, Boudewyn contou-lhe sobre o homem que era dono deste chalé.

Pouco depois, quando eles entraram na sala de estar, o anfitrião tinha terminado de arrumar a mesa. Ele os convidou para sentarem-se com ele.

Os patos estavam deliciosos. Boudewyn dividiu os ovos que tinha cozinhado mais cedo.

Enquanto eles comiam, o anfitrião subitamente disse: "Então, vocês estão fugindo por causa da perseguição. Bem, da minha parte, seguramente não lhes encontrarão!".

Boudewyn, que não era facilmente desestabilizado, ficou chocado ao ouvir o homem falar dessa maneira. "Como você sabe... por que você acha isso?", ele gaguejou.

140

O homem riu. "É muito fácil. Alguém que viaja para o norte e passa por esse terreno difícil obviamente não quer ser visto. Portanto, vocês estão fugindo de um ou outro inimigo. Além disso, antes de começarmos a comer, você abaixou a cabeça em oração, mas não fez o sinal da cruz, como é costume entre os católicos romanos. Não é difícil concluir que vocês pertencem ao povo reformado".

Boudewyn conseguiu recompor-se. Ele olhou para o estranho nos olho e perguntou: "E você? Que doutrinas segue?".

Por um momento, houve silêncio completo na sala. Até Martin deixou de comer e prendeu a respiração.

Amargura e ódio extremos surgiram no rosto do homem. Ele apontou para as cicatrizes na lateral de seu rosto e perguntou bruscamente: "Você acha que eu nasci assim? O carrasco da Inquisição fez isso, embora eu ainda fosse um bom católico romano na época. Eles assassinaram minha esposa e mataram meu bebê de fome. É por isso que os odeio, e me oporei a eles sempre que puder!".

Sua face expressava a dor e o ódio que sentia, mas, instantes depois, recobrou o controle. "Perdoem-me por agir assim. Vamos continuar nossa refeição. Vocês estão completamente seguros aqui".

A refeição terminou em silêncio. Martin e Boudewyn sabiam que não precisavam temer este homem, mas, ao mesmo tempo, estavam chocados por ouvir o ódio e a amargura que enchiam seu coração.

18

A TOCANTE HISTÓRIA DE HINNE

Depois da refeição, o anfitrião virou-se para Boudewyn e Martin. "Eu perdi o controle agora há pouco", ele começou. "Eu lhes direi por quê".

"Meu nome é Hinne Geertsz. Eu costumava ser um homem feliz. Eu ganhava a vida caçando, pescando, cortando cana, tecendo cestas, e vivia em uma pequena vila não muito longe daqui.

Eu me casei com uma garota a quem eu amava profundamente. Seu nome era Maria. Nunca houve uma mulher melhor. Ela era realmente muito boa para mim. Ela sabia que eu era esquentado e gostava de viver livre, mas com seu coração terno, conseguiu ajudar-me a controlar minha natureza impulsiva e meu temperamento.

Como eu sempre trabalhava longe de casa, ela ficava muito sozinha, mas depois que nosso filho nasceu, isso melhorou.

Nós ficamos casados por apenas um curto período, quando minha esposa conheceu os escritos dos reformados. Ela conseguiu uma Bíblia, e ela a lia frequentemente. Eventualmente, passou a frequentar alguns dos encontros secretos dos reformados em nossa vila.

Várias vezes, ela falava comigo sobre sua fé e implorava que eu fosse com ela a um desses encontros, mas eu era jovem e não me importava com essas coisas. Religião não significava nada para mim. Eu notei, todavia, que ela tinha mudado e estava ainda mais meiga e gentil que antes.

Nosso filho não tinha ainda seis meses quando eu voltei para casa depois de uma caçada de três dias e encontrei nossa casa desolada. A casa estava em frangalhos. Relutantemente, os vizinhos me contaram o que havia acontecido. Os oficiais da Inquisição tinham levado Maria e nosso filho cativos.

Eu estava fora de mim, com medo e raiva. Fui atrás do xerife e exigi o retorno da minha esposa e meu filho. O resultado foi que eles me prenderam também.

Um mês depois, fui libertado, mas não até que o carrasco cortasse minhas orelhas... porque eu sabia que minha esposa encontrava-se com os hereges em suas reuniões secretas e não tinha reportado às autoridades... Três dias depois, Maria foi queimada na fogueira e, antes, nosso filho tinha morrido por falta de cuidado adequado.

Quando fui libertado, tinha apenas um desejo: vingança. Voltei até minha casa para pegar meu rifle e matar aqueles que foram responsáveis pela morte da minha esposa e do meu filho. Eu sabia que isso seria morte certa pra mim, mas não me importava. Minha vida não tinha mais propósito ou valor.

Quando estava prestes a sair de casa, um conhecido, que também fazia parte do grupo reformado, apareceu. Ele me entregou uma carta contrabandeada da prisão. Maria tinha escrito para mim na noite anterior à sua execução.

Nesta carta, ela me dizia que não temia a morte, mas que estava feliz em encontrar seu Salvador, que já tinha tomado nosso filho para Si. Ela tinha orado incessantemente para que eu também chegasse à verdadeira fé, e suplicava para que eu não me vingasse.

Eu não tinha escolha, senão render-me a seu último pedido. O único conforto que conhecia, a vingança, foi tomado de mim.

Eu não queria ficar na vila por nem mais um segundo. Busquei o isolamento dos juncos e construí uma casa para mim. Então, trouxe minhas poucas posses para cá, inclusive a Bíblia da minha esposa, que os soldados não encontraram.

Eu tenho morado aqui já há alguns anos. De vez em quando, vou à vila para vender peixe ou animais que cacei e comprar algumas provisões para mim, mas eu prefiro apenas navegar com meu barco nessa desolação de juncos. Algumas vezes, eu consigo esquecer meu sofrimento e ódio enquanto caço, mas não tive um dia feliz desde a morte da minha esposa".

Hinne Geertsz ficou em silêncio. Lágrimas tinham surgido dos olhos de Martin, e Boudewyn também foi comovido enquanto ouvia a história. As profundas emoções de Hinne tinham transparecido claramente em seu rosto enquanto ele falava.

"Pobre de você, eu sinto muito", disse Boudewyn. "Sua esposa morreu confortada, mas você ainda não tem conforto. Alguma vez você leu a Bíblia que pertencia a sua esposa?".

Hinne negou com a cabeça.

"Por que não? Era o que ela desesperadamente desejava, não é?".

Por um momento, sua face se contorceu. Então, ele explodiu: "Porque então eu terei de me desprender da última coisa que me mantém de pé! Agora, eu ainda posso odiar! Isso me dá força! Se eu me entregar ao ensino bíblico, terei de abrir mão desse ódio! Eu nunca a lerei!".

"Você precisará parar de odiar, mas, em troca, receberá o maior tesouro e o único conforto que há na vida, a saber, o amor de Cristo!", Boudewyn respondeu com convicção. "Mas, primeiro, deixe-me contar-lhe quem somos", ele prosseguiu. "Você confiou em nós, agora devemos confiar em você também".

Boudewyn agora contava seus planos e conflitos dos últimos dias. Hinne ouvia com grande interesse.

Depois de ouvir toda a história, ele disse: "Por que não ficam aqui por alguns dias e descansam? Depois de toda a tensão dos últimos dias, vocês merecem isso, e estarão seguros comigo. Se houver perigo, meus amigos sempre me avisam. Outras pessoas além de vocês já encontraram abrigo aqui. Os reformados sabem que podem confiar em mim. Eu abriguei alguns deles e, em troca, eles mantêm-me informados sobre os movimentos do inimigo. Acho que posso ajudar a deixar a fuga de vocês mais fácil".

Boudewyn e Martin estavam felizes em ouvir isso. Com certeza, seria útil conseguir assistência de alguém que conhecia a situação no Distrito Norte[16] tão bem.

Eles conversaram bastante naquele dia, e os visitantes ficaram surpresos com o quanto Hinne sabia sobre o que acontecia no país. Ele estava especialmente familiarizado com as circunstâncias no Distrito Norte. Hinne Geertsz esperava mais resultados de Brederode[17], que era duro em suas críticas ao papa, que do Príncipe de Orange, que parecia tratá-lo com

---

16 Província conhecida como Holanda do Norte, capital Haarlem.

17 Henrique van Brederode (1531-1568), descedente de família nobre, muito ativa nas negociações de guerra. Era conhecido como *Grote Greus* (Grande Mendigo). Convertido à fé reformada, resistiu à Inquisição espanhola nos Países Baixos. Em 1566, fundou uma confederação que se comprometeu a lutar pela liberdade religiosa assinando um documento conhecido como Documento dos Nobres.

muita cautela. Ele também contou-lhes sobre Dirck Maertsoen da vila de Schagen. Ele estava cruzando o Distrito Norte, incitando a população.

Naquela noite, antes que fossem dormir, o ferreiro perguntou: "Você se importa se eu ler uma porção da Bíblia que pertencia a sua esposa?".

Em silêncio, o homem assentiu. Ele caminhou até um baú pesado e retirou a Bíblia. Boudewyn abriu e começou a ler Mateus 5. Depois, ele pediu ao Senhor que os guardasse durante a noite. Ele pediu que Hinne Geertsz, em seu grande sofrimento, viesse a conhecer o único conforto na vida e na morte. Assim, ele também seria capaz de perdoar seus inimigos.

Os convidados foram para a cama. Hinne permaneceu na sala de estar por um longo período. Ele acendeu uma vela e refletiu sobre as palavras da leitura bíblica e da oração. Eles o comoveram mais do que estava disposto a admitir. Finalmente, ele se convenceu. Abriu a Bíblia, e com a luz de sua vela, leu por muitas horas.

No dia seguinte, eles concordaram que Boudewyn e Martin ficariam por alguns dias para se recuperarem de todas as aventuras e tensão que recentemente experimentaram. Enquanto isso, Hinne veria o que podia fazer para tornar o restante de sua fuga mais fácil.

Foi um período agradável, especialmente para Martin. Ele saiu com seu novo amigo e, em poucos dias, aprendeu muito sobre pescaria e caça. Parecia que Hinne sabia tudo o que era possível saber sobre a vida silvestre. Ele saía com seu barco todos os dias, descendo correntes muito estreitas. Ele prendia seu barco em algum lugar da margem e, então, com Martin a tiracolo, prosseguia a pé por pequenos caminhos sinuosos até encontrar um bom alvo em sua mira.

Em outras ocasiões, ele examinava as redes e as esvaziavas, ou armava armadilhas para os animais. Sempre havia algo para ver ou fazer. Martin gostava de tudo. Inúmeras vezes, ele ficava assombrado com Hinne conhecer tão bem as rotas pelos juncos. Para Martin, cada lugar parecia idêntico, e ele achava impossível descobrir que caminho seguir, mas Hinne parecia possuir um sexto sentido que lhe mostrava o caminho.

Hinne Geertsz normalmente ficava muito feliz nessas saídas. Ele era um verdadeiro amante da natureza e, ao ar livre, sentia-se em casa. Porém, de vez em quando, subitamente parava de remar e olhava para o horizonte. Uma expressão de extremo sofrimento e dor cobria sua face. Martin e Boudewyn sentiam profunda preocupação por ele, mas não ousavam dizer nada. Depois de alguns instantes, Hinne normalmente superava isso.

Uma coisa era excepcional. Sempre que comiam no chalé, Hinne pegava a Bíblia depois de terminarem a refeição e pedia que Boudewyn lesse uma porção dela. Ele escutava com bastante atenção enquanto Boudewyn lia. À noite, depois que os outros iam para a cama, ele ficava acordado por muito tempo. Aparentemente, ele não precisava dormir muito. Uma vez, Boudewyn notou que, durante esse período, Hinne sentava e lia a Bíblia. O ferreiro nunca mencionou sua descoberta, mas estava muito feliz em saber. Ele esperava e orava para que essa ovelha desviada também encontrasse o Bom Pastor.

Eles tinham chegado à casa de Hinne há uma semana. Tiveram momentos agradáveis, mas agora estavam ansiosos por continuar sua jornada. Eles não se sentiriam completamente seguros até chegarem a Emden, onde esperavam encontrar os pais de Martin.

Hinne já tinha ido à vila uma vez para descobrir como estava a situação. A informação que recebeu não foi muito encorajadora. Ultimamente, muitos "mendigos"[18] tinham fugido do Distrito Norte para a Alemanha ou Inglaterra. Assim, as autoridades tinham ampliado o patrulhamento. Havia guardas adicionais pela área, especialmente nos portos. Isso significava que Martin e Boudewyn deveriam ter extremo cuidado.

Entretanto, Hinne parecia cheio de esperança e encorajamento. Ele pediu que seus hóspedes fossem pacientes por mais alguns dias. Ele tinha certeza de que haveria uma fuga segura para eles.

Certa manhã, quando Boudewyn e Martin levantaram-se, eles encontraram o chalé vazio. Hinne já tinha saído. Um bilhete na mesa explicava que ele não estaria de volta até o anoitecer.

Naquele dia, ficaram próximos ao chalé, temendo perderem-se. Eles pegaram alguns peixes, limparam o chalé e cumpriram algumas tarefas para manterem-se ocupados.

O sol tinha quase se posto quando Hinne retornou. Ele parecia cansado e devia ter remado uma grande distância, mas parecia muito feliz.

"Boas notícias!", gritou para eles enquanto saltava em terra.

"Amanhã, um navio está vindo para levar vocês em sua jornada!".

"Um navio? Onde?", perguntou Boudewyn com surpresa.

"Em algum lugar na costa do golfo Zuiderzee", sorriu Hinne, "em um lugar calmo que seja seguro. Amanhã, vocês descobrirão mais sobre isso".

---

18 Expressão utilizada para caracterizar os reformados. Ela surgiu durante a apresentação do "Compromisso dos Nobres" à regente Margarida de Parma. Durante a audiência, um dos conselheiros de Margarida, o conde de Berlaymont, disse: "O que Mandame, a amedronta nestes mendigos?" Foi a partir deste momento que os oponentes da Inquisição de Felipe orgulhosamente adotaram o nome Mendigos para si.

Eles perceberam que ele não estava com humor para dar-lhes mais detalhes, então decidiram esperar até a manhã. Entretanto, ficaram felizes pela ajuda que estavam obtendo.

Eles foram dormir mais cedo que o habitual porque teriam de levantar cedo na manhã seguinte e, sem dúvidas, seria um dia cheio. Hinne ficou acordado depois que eles foram dormir, como era seu costume.

Depois que seus convidados foram para cama, ele pegou a Bíblia mais uma vez e começou a ler. Sua alma faminta e sedenta sorveu as palavras e, quando ele finalmente fechou a Bíblia, caiu de joelhos e orou silenciosamente a Deus, sem saber que palavras escolher. Então, também foi dormir.

19

UMA FUGA APERTADA

Muitas horas depois, Martin foi acordado por um assobio desconhecido. Deveria haver alguém na outra margem querendo chamar a atenção deles.

Martin dormia no leito de cima. Ele se inclinou para frente e tentou olhar pela janela, mas estava muito escuro para ver alguma coisa.

Ouça! Era o mesmo som de novo! Dessa vez, soou mais urgente que antes.

"Hinne Geertsz!", Martin chamou gentilmente. "Acorde! Tem alguém aqui!".

O homem no beliche mais baixo acordou imediatamente, levantou-se rápido e escutou com atenção.

Mais uma vez, o barulho vindo da outra margem podia ser ouvido. Com um salto, Hinne saiu da cama. Ele rapidamente vestiu suas roupas e saiu. A seguir, Martin já podia ouvir as remadas na água enquanto Hinne cruzava a lagoa com seu barco.

Boudewyn também acordou com o barulho. Martin contou-lhe o que tinha ouvido, então os dois também saíram da cama e vestiram-se.

Era incomum ter visitas tão cedo, e eles imaginavam se haveria perigo. Eles não precisaram esperar em suspense por muito tempo. Logo, ouviram o barco retornar.

Os dois foram para fora. Estava frio e nublado. Eles mal conseguiam descobrir onde o barco estava e puderam ver que ele aproximava-se rapidamente. Parecia haver muitas pessoas no barco, mas eles não conseguiam ver claramente.

Um minuto depois, Hinne estava com o barco na margem e saltou. "Entrem rapidamente", disse para seus novos convidados.

Na aurora do dia nascente, Boudewyn e Martin viram três pessoas saírem do barco. Eles ficaram surpresos de ver que uma delas era uma mulher carregando uma criança de não mais que dois anos.

A jovem parecia muito cansada, e parecia que ela esteve chorando. Um dos homens, provavelmente seu marido, a ajudou a entrar no chalé enquanto os outros conversavam com Hinne. Eles pareciam conhecer uns aos outros muito bem.

Um pouco depois, todos eles sentaram em torno da mesa na sala de estar. Harm Huisman, o amigo de Hinne, estava falando.

"Vocês podem confiar completamente nos seus novos hóspedes, Bart Haakbusser, sua esposa, e a filha, Sanneke. Eles moram em uma vila a muitas horas de distância daqui. Foram avisados ontem à noite de que os oficiais da Inquisição iriam prendê-los porque os reformados organizavam encontros secretos na casa deles. Eles conseguiram fugir antes que os soldados chegassem. Tinham certeza de que estavam sendo seguidos e sentiram que não havia lugar para escondê-los. É por isso que eu trouxe os três até você. Você poderia ajudá-los a escapar em segurança?".

"Com absoluta certeza!", respondeu Hinne. "É uma hora extremamente boa porque agora eles poderão viajar no navio que deve sair mais tarde". Enquanto ele escutava a história, olhou na direção de Sanneke. Ele se lembrou de sua esposa e filho falecidos, e novamente a tristeza chegou a seu coração. Entretanto, estava determinado a ajudá-los em sua fuga. Os soldados não capturariam essas pessoas se ele pudesse ajudar!

Bart Haakbusser e sua esposa expressaram sua gratidão. Instantes depois, Hinne levou seu amigo para a margem oposta. Harm pegou um caminho diferente para evitar ser visto e aumentar o risco de alguém descobrir aonde tinha levado os refugiados.

Hinne ofereceu a seus novos convidados tudo que precisavam e assegurou que tivessem um bom café da manhã. Enquanto isso, Boudewyn levava alguns suprimentos para o barco, preparando-se para a viagem.

De repente, Boudewyn entrou na casa, branco como um fantasma.

"Os soldados estão vindo!", ele gritou. "Eu consegui ver suas espadas acima dos juncos!".

Hinne correu para fora, seguido pelos outros. Não havia dúvida de que uma tropa de soldados rumava ao chalé. Lanças e espadas e, ocasionalmente, até o topo de alguma cabeça, podiam claramente ser vistos.

A Sra. Haakbusser ficou pálida e segurou firmemente a criança que dormia.

Hinne não entrou em pânico. Uma expressão determinada cruzou seu rosto. "Rápido! Todos vocês! Para o barco!", ele ordenou. "Temos de fugir antes que eles alcancem a água!".

Hinne e Boudewyn correram rápido para dentro de casa, a fim de pegar algumas coisas. Dentro de dois minutos, todos estavam no barco. Por pouco o barco estaria carregado com peso demais, mas eles não tiveram escolha. Eles deviam arriscar e orar para que tudo corresse bem. Hinne guiava enquanto Boudewyn e Bart remavam o mais rápido que podiam. O pequeno barco disparou sobre a água tranquila.

Os soldados, que agora estavam muito perto, perceberam as pessoas que fugiam. Os que estavam no barco podiam ouvir os soldados gritando uns com os outros e correndo em direção à água. Em questão de segundos, eles alcançaram a costa.

"Em nome do rei, eu os ordeno que parem!", os soldados gritaram. Os homens remaram ainda mais rápido. Eles estavam chegando a um riacho. Se conseguissem navegar nele, estariam longe da vista dos soldados e, com esperança, mais seguros.

Novamente, eles foram ordenados a parar. Dois tiros de rifle foram disparados. Um raspou o alto do barco, mas atingiu a água sem ferir ninguém.

"Se eles querem atirar, então eu também!", murmurou Hinne. Ele soltou o leme e pegou sua arma. Na margem, um soldado acabara de levantar sua arma para atirar. Quando o caçador disparou, o soldado gritou, e a arma caiu de sua mão. A mira de Hinne era tão precisa que ele tinha atingido a arma, mandando-a para longe da mão do soldado!

Hinne imediatamente agarrou o leme de novo. Boudewyn e Bart puxaram os remos com força mais algumas vezes. Eles estavam a salvo na segurança do riacho. Os soldados atiraram neles, mas era tarde demais. Suas balas atingiram a água diretamente atrás do barco, algumas passaram pelos juncos, mas nenhuma atingiu os ocupantes do barco.

Eles podiam ouvir os soldados gritando e xingando atrás deles ao perceberem que o pequeno grupo na embarcação escaparia. Depois de alguns momentos, o capitão restaurou a ordem. Sua voz firme podia ser ouvida gritando ordens para a tropa.

Agora, o barco estava longe demais para que os ocupantes ouvissem exatamente o que era dito, mas eles ouviram o bastante para saber que seriam perseguidos.

"Eles conseguem atravessar a juncada e interceptar nosso caminho em algum ponto?", perguntou Bart, preocupado, enquanto olhava para a esposa e a filha.

Hinne concordou. "Isso é realmente possível, mas somente se houver alguém com eles que conheça o pântano muito bem. Os soldados nunca encontrariam o caminho sozinhos, mas eles podem ter um guia com eles".

"Quem poderia ser?", perguntou Boudewyn.

"Há um morador da vila que costumava ser bastante habituado a essa área: um convicto pescador católico romano em quem nunca confiei. Ele mudou-se para a casa em que morei. Também suspeito que foi ele quem entregou minha esposa. Desde que passei a viver na área dos juncos, ele tem aparecido pouco. Ele não sabe que a única razão para ainda estar vivo é que minha esposa pediu que eu não me vingasse. Ele deve estar servindo como guia dos soldados. Essa é a única explicação que tenho para eles encontrarem tão rápido o chalé".

Enquanto ele explicava tudo isso, eles continuavam a remar tão rápido quanto podiam. Agora, estavam bem longe do chalé. Embora não estivessem mais em perigo imediato, era importante que se apressassem. Eles podiam ter certeza de que os soldados não ficariam parados.

Pouco depois, Martin e Hinne remavam e Boudewyn conduzia. Eles revezavam posições regularmente, para que nenhum deles ficasse cansado demais. Nesse ritmo, eles continuaram a fazer um bom progresso. Martin nunca tinha ido tão longe na área dos juncos. Eles passaram por riachos e córregos que pareciam dobrar em todas as direções, dividir-se e, então, encontrar-se de novo. Eles sempre estiveram sob a segurança de uma sólida parede de juncos, mas esta juncada também poderia esconder os soldados de suas vistas...

Os passageiros no barco estavam todos admirados com Hinne conhecer tão bem o caminho por essa desolação de terra e água. Apesar de o quanto os riachos e córregos retorciam-se, bifurcavam-se e agregavam-se, ele nunca hesitou por um minuto.

Ele falava muito pouco. De tempo em tempo, olhava para Sra. Haakbusser e Sanneke. Um olhar gentil atravessou seu rosto, uma expressão que ele não tinha há muito tempo.

Boudewyn quebrou o silêncio. "Agora que os soldados encontraram sua cabana, já não será seguro para você viver na área dos juncos. Por que você não vem conosco até Emden, onde há liberdade e segurança?".

Hinne balançou a cabeça. "Eu nasci e cresci aqui, e nunca gostei de nenhum outro lugar. Esse local me trouxe alegria e sofrimento. Eu quero morrer aqui. Se não for mais seguro na minha ilha, eu construirei outro chalé ainda mais oculto entre os juncos. Será preciso uma pessoa muito esperta para me encontrar!".

Boudewyn e os outros tentaram convencê-lo a mudar de ideia, mas ele estava determinado.

Agora, eles tinham viajado por várias horas. Hinne instruiu Boudewyn a navegar até um pequeno riacho que ficava mais estreito a medida em que prosseguiam. Novamente estavam em uma área onde o perigo era grande.

O riacho continuou a ficar mais estreito, até que finalmente eles atravessaram uma rota tão estreita que os juncos formavam um túnel ao redor deles. Não havia mais espaço para remar. Os remos foram acomodados no barco e, agora, Boudewyn usava uma vara como alavanca para seguir adiante. Isso também faria menos barulho.

Todos estavam muito quietos para não serem detectados. De repente, Hinne sinalizou para Boudewyn parasse. O barco desacelerou e chegou a parar.

"Esperem-me aqui enquanto eu examino a área", sussurrou o caçador. Imediatamente, ele saltou para a margem, a grama seca curvando-se sob seus passos.

"Você não quer levar sua arma?", Boudewyn perguntou de forma cortês.

"Não, isso somente dificultará meu progresso. Eu estou preparado", ele disse enquanto apontava para uma faca presa na bainha de seu cinto.

Dois segundos depois, foi engolido pelos juncos. Não importa o quanto eles tentassem ver e ouvir, nenhum som ou movimento revelava onde Hinne estava. Como caçador, ele certamente tinha aprendido a cuidar dos seus assuntos sem ser notado.

Passaram-se dez minutos. Silenciosamente, todos aguardavam. Sanneke, que tinha dormido por muito tempo, acordou naquele momento porque o barco estava parado. Rindo com deleite, ela esticou suas mãos gordinhas para pegar nos juncos. Rapidamente, sua mãe procurou aquietá-la e segurou a menina com gentileza e em silêncio.

De repente, o caçador reapareceu. Ele voltou tão taciturno quanto tinha partido.

"A área está segura", ele disse, sem tentar cochichar. "Eu fui até o ponto mais estreito do riacho, mas não vi ninguém, e nem vi pegadas em lugar algum. O terreno é mais firme ali. Eu subi em uma árvore, mas não havia nada indicando qualquer movimento dos soldados, assim, podemos continuar a pé depois de viajarmos um pouco mais no barco".

Aquelas eram ótimas notícias. Eles continuaram impulsionando o barco até chegarem ao local de que Hinne falara. Agora, eles estavam em águas mais abertas e podiam remar o barco novamente. Todos estavam felizes porque até aqui tudo correra muito bem. Apenas Hinne ocasionalmente tinha um olhar conturbado no rosto, como se estivesse preocupado com algo.

20

UM ATAQUE SURPRESA!

Um pouco depois, eles pararam para comer alguma coisa. Como não precisavam mais temer os perseguidores, sentiram que podiam fazer uma pequena pausa. Foi cansativo remar tão rápido sob tanta pressão. Apenas o fortíssimo Boudewyn ainda parecia continuar em forma. Hinne dividiu o pão entre eles, e todos beberam de um frasco de pedra. Para Sanneke, havia leite.

Depois de meia-hora de descanso, estavam satisfeitos, descansados e começaram a remar por um pequeno lago. Quando se aproximaram da margem, Hinne os guiou na direção de uma pequena abertura nos juncos. O barco podia passar por ali. Logo em seguida, eles chegaram a uma lagoa e aportaram em um minúsculo cais nas proximidades.

"Nós precisamos sair daqui", Hinne disse enquanto saía e amarrava o barco à terra.

"Nós já chegamos?", perguntou Martin com surpresa.

"Não", riu o caçador, "mas precisaremos fazer o último trecho a pé porque não podemos ir além com o barco".

Logo todos estavam em terra e dividiam a pequena quantidade de bagagem entre os homens. Eles começaram a caminhar entre os juncos.

No princípio, tudo correu bem. Depois de sentar por tantas horas em um pequeno banco de madeira na embarcação, era bom para todos sair e esticar as pernas. Mas não demorou muito até perceberem o quanto estava quente. Era um pouco depois de meio-dia, a hora mais quente do dia. Enquanto estiveram no barco, isso não incomodou tanto, mas aqui, em terra, era outra história.

Todos tiveram turnos segurando Sanneke porque logo ela ficou pesada demais para Sra. Haakbusser carregar. Quando Hinne a segurou, o rosto dele brilhou de deleite.

Depois de caminharem por quase uma hora, eles chegaram ao fim da área dos juncos. Hinne seguiu adiante para ver se havia algo suspeito. Quando tudo pareceu seguro, eles saíram da segurança dos juncos e caminharam pela campina aberta e florida.

Era mais agradável caminhar aqui. Eles tiveram uma bela vista ao seu redor, e o calor não era tão agressivo quanto na juncada.

Aqui e ali havia pessoas trabalhando nos campos, olhando para o pequeno grupo à distância. Os refugiados tomaram uma rota que os manteria o mais distante possível das pessoas.

Sra. Haakbusser começou a ficar muito cansada, e seu marido precisou apoiá-la enquanto ela caminhava. Martin também estava muito cansado e, com dificuldade, obrigava-se a continuar.

Hinne Geertsz falou palavras de encorajamento a eles. Ele apontou para o horizonte, onde uma faixa escura indicava que Zuiderzee estava logo à frente. Agora eles iam direto para o ponto onde o navio deveria encontrá-los. Não havia tempo para descanso porque o navio poderia estar lá a qualquer momento.

Bem próximo ao dique, a campina acabou, e eles precisaram cruzar um trecho de terra que era coberto de arbustos espinhosos. Suas roupas rasgaram, e eles tiveram muitos arranhões porque tentaram pegar o caminho mais curto. Finalmente, alcançaram o dique. Escalaram-no e deram um deram

160

um grito de alívio ao alcançarem o topo. A aproximadamente cem metros da costa estava o barco que Hinne estava esperando. Ele levantou sua mão e gritou "Vida longa aos Mendigos!" tão alto que o som atravessou as águas. Esse tinha sido o sinal combinado.

Logo havia atividade no navio, e uma jangada com dois marinheiros foi lançada ao mar. Um remava e o outro dirigia.

A atenção do pequeno grupo em terra estava sobre o pequeno barco, e eles não perceberam o que estava acontecendo atrás deles. Por trás dos arbustos, dez ou doze soldados erguiam suas cabeças junto com um aldeão. Eles caminharam furtivamente até o dique e rapidamente começaram a escalá-lo.

Sra. Haakbusser foi a primeira a ouvir o barulho inesperado. Ele virou sua cabeça e gritou ao ver os soldados se aproximando com velocidade, um olhar de triunfo em seus rostos.

Antes que sequer soubessem o que estava acontecendo, o pequeno grupo de fugitivos tinha sido cercado. Um dos soldados foi direto à Sra. Haakbusser, que temerosamente apertava Sanneke contra seu peito. Ele a agarrou pelo braço. Seu marido correu em seu auxílio e empurrou o soldado. Os outros vieram para ajudar. Em segundos, todos estavam empurrando-se e lutando.

Os agressores não esperavam qualquer resistência e foram surpreendidos. Eles nem mesmo tiveram uma chance de usar suas armas. Boudewyn agarrou um soldado com cada uma de suas mãos grandes e fortes, golpeou uma cabeça contra a outra, e os jogou represa abaixo. Lá eles ficaram, temporariamente atordoados.

Imediamente, o ferreiro virou e atacou outros dois soldados. Bart e Hinne também demonstravam ter força extraordinária.

O aldeão que estava com os soldados parecia ser o pescador de quem Hinne falara mais cedo. Ele tinha conduzido os soldados a esse lugar. Ele não era particularmente forte ou corajoso, mas não queria que os soldados soubessem disso, então pegou o rapaz.

Ele estava errado se pensava que Martin seria um alvo fácil. Ele podia não ser tão forte, mas lutava como um gato. Entretanto, as coisas não correram totalmente bem para Martin. Os outros estavam mais que ocupados com os soldados e incapacitados de vir ajudá-lo. O pescador tentou sufocá-lo, mas Martin conseguiu se apossar do polegar do homem e o mordeu o mais forte que podia. O aldeão soltou um ganido de dor e o libertou. Martin rapidamente inclinou-se para a frente, agarrou

a perna de seu oponente e a puxou. Então, o empurrou com toda sua força. O pescador deu um grito de susto e também rodou ladeira abaixo.

Por um momento, os refugiados quase prevaleceram. O pescador e cinco dos soldados tinham caído, mas três deles já tentavam levantar-se e subir o dique de novo.

Os sete remanescentes no dique perceberam sua situação e recuaram para pegar suas lanças e atacar com elas.

A situação agora ficara crítica. Hinne desceu a coronha de seu rifle em seus agressores, e Boudewyn usou um pesado galho de espinhos, mas as espadas dos soldados eram muito mais compridas.

O pescador traiçoeiro tinha subido novamente até o topo do dique. Seu polegar estava sangrando muito, e a dor o fez fervilhar de ódio. Ele tinha pego uma lança de um dos soldados que jazia no solo, e estava determinado a vingar-se com sangue.

Cuidadosamente rodeando o grupo, ele tentou atacar Martin pelas costas. O grupo inimigo movia-se muito rapidamente, e Boudewyn, em especial, mostrava-se uma ameaça tão grande que o covarde novamente voltou atrás.

Ficando cada vez mais irritado, ele procurou descobrir que outro estrago poderia fazer. Então, percebeu a Sra. Haakbusser sozinha, com uma chorosa Sanneke firmemente agarrada a ela. Os soldados momentaneamente a deixaram em paz porque estava completamente distraídos com os homens do grupo.

Em fúria cega, o pescador correu até ela, sua lança à frente de si, esperando matar a mulher e a criança com um golpe. Um segundo antes que fosse tarde demais, Hinne viu o perigo. Não havia tempo de alertá-la. Com um salto, ele entrou na frente da mulher e recebeu o golpe mortal.

Sangrando muito, ele caiu por terra, a lança presa em seu peito. Seu rosto estava contorcido com dor, porém, ele quase conseguiu sorrir e sussurrou: "Desta vez, eu não estava atrasado...".

Agora que Hinne tinha tombado, os soldados atacaram o resto do grupo com vigor renovado. Martin e seus aliados estavam irritados com o que viram acontecer, e os soldados conseguiram superá-los. Parecia que o pequeno grupo estava derrotado. Naquele exato momento, o socorro veio. Os dois marinheiros finalmente chegaram em terra, e tomando cada um um remo, fustigaram os soldados. Eles não estavam prontos para isso e, antes de entenderem o que estava acontecendo, muitos caíram. Boudewyn, Bart e Martin usaram o momento para pegar uma lança dos soldados caídos e, agora, eles estavam vencendo. Quando os soldados restantes e o pescador viram o que estava acontecendo, decidiram recuar para a base do dique e discutir sua estratégia.

"Rápido! Entrem no barco antes que eles voltem!", gritou Boudewyn.

Sra. Haakbusser tinha descido Sanneke e inclinou-se sobre Hinne, que gemia baixo, mas estava inconsciente. Boudewyn o pegou e o deitou cuidadosamente no barco. Os outros o seguiram com pressa.

Assim que os soldados empurraram a embarcação completamente carregada, os soldados novamente escalaram o dique. Quando eles viram o destemido ferreiro e seus aliados afastando-se no barco, novamente sentiram coragem. Eles gritaram e ergueram seus dardos ao céu, aparentemente prontos para continuar sua luta.

Os ocupantes do barco ignoraram as palavras de insulto. Os marinheiros remaram com calma determinação, enquanto

Boudewyn controlava o leme com sua mão esquerda. Em sua mão direita, ele segurava sua pistola, que tinha tirado da camisa. Bart Haakbusser segurava o rifle de Hinne e estava pronto para atirar se necessário.

Os soldados tinham uns poucos rifles com eles. Eles percebiam agora que os fugitivos não eram uma presa fácil, então decidiram não começar a atirar neles. O pequeno barco pôde chegar ao navio em segurança.

Com o maior cuidado possível, trouxeram o gravemente ferido Hinne a bordo. Pouco depois, os outros também estavam todos a salvo no barco.

Eles tinham conseguido escapar, mas não sentiam que conseguiriam comemorar. A preocupação com Hinne conteve a alegria.

21

DESCANSO PARA HINNE

Hinne tinha sido levado para o camarote e colocado no dormitório. O capitão, Frank Abels, um frísio ruivo e robusto, examinou a ferida.

Com tristeza, ele balançou a cabeça. "Não há muito que possamos fazer por ele", disse gentilmente.

Eles enfaixaram a ferida o mais apertado possível. Sra. Haakbusser ficou com o caçador, que agora estava inconsciente.

Os outros voltaram para o convés. Os inimigos já não estavam à vista, mas eles não se sentiram tão confortáveis. Era possível que o inimigo os seguisse a barco. Quando eles mencionaram isso a um dos marinheiros, ele apenas riu roucamente. "Deixe-os vir", ele disse, "e nós lhes mostraremos uma coisa ou outra!".

Embora o barco de Frank fosse um pequeno navio mercante, os novos passageiros logo perceberam que ele também era utilizado para outros propósitos. Eles notaram dois canhões escondidos no convés. Havia também muitas armas, e cada marinheiro carregava um canivete em seu cinto.

Nenhum dos marinheiros aparentava temer enfrentar algo ou alguém que se colocasse no caminho. No entanto, Sanneke não estava nem um pouco preocupada com eles. Ela soltou a mão de seu pai e alegremente caminhava de um marinheiro a outro. Todos tinham algo agradável a dizer para ela.

A âncora foi puxada, e as velas foram içadas. Eles montaram curso em direção ao norte, mas como o vento tinha cessado completamente, quase nenhum progresso foi feito.

O sol estava descendo em direção ao horizonte. O mastro e as velas lançavam longas sombras sobre a água cintilante.

Sra. Haakbusser foi até o convés. Hinne tinha recobrado a consciência e perguntado por Boudewyn e Martin.

Eles desceram as escadas correndo.

Seu amigo de fato estava acordado. Ele estava tranquilamente deitado em sua cama, uma expressão feliz cobrindo seu rosto muito pálido. Martin pensou que talvez Hinne ficasse bem, afinal, mas Boudewyn percebeu que seu amigo estava morrendo.

Hinne falou, mas sua voz era muito fraca. "Antes de partir, gostaria de agradecer a vocês por tudo que fizeram por mim". Admirado, Boudewyn olhou para Hinne.

"Somos nós que temos de agradecer-lhe", disse Boudewyn, comovido. "Você nos recebeu em sua casa, cuidou bem de nós, e nos forneceu comida e abrigo. Até tomou providências para que escapássemos no navio e arriscou sua vida por nós. Como poderíamos algum dia pagar-lhe por tanta bondade?".

Hinne silenciou Boudewyn com sua mão. "Vocês mais do que pagaram por isso. Sem vocês, eu teria permanecido nas trevas, e teria morrido apenas para sofrer a morte eterna. Meu coração era frio e sombrio, e eu era um homem amargo. Eu odiava as pessoas e, na verdade, eu odiei Deus também pelo que Ele permitiu que acontecesse com minha família. Eu nem mesmo queria ler a Palavra de Deus. Mas o Senhor respondeu as orações que minha esposa Lhe fez incessantemente, especialmente antes de morrer. Ele enviou vocês. Vocês abriram a Bíblia e começaram a lê-la.

Foi como se algo tivesse estalado dentro de mim quando fizeram isso. Depois que vocês foram dormir naquela primeira noite, eu peguei o Livro e li por horas. Desde então, eu fiz isso toda noite, às vezes por metade da noite.

Deus tem sido gracioso comigo. Eu encontrei verdadeiro conforto em Sua Palavra. Todo o meu ódio e amargura se foram graças à redenção de Cristo".

Quando ele começou a falar novamente, após alguns momentos, sua voz era quase um sussurro.

"Estou feliz que pude entregar minha vida a uma boa causa. A mulher e a criança me lembravam de minha Maria e de nosso pequeno filho. Suas vidas foram poupadas... e um dia eles retornarão ao país... mais tarde... quando o dia raiar de novo...".

Exausto, ele fechou seus olhos. Boudewyn e Martin tinham ouvido com atenção, profundamente comovidos pela história de Hinne. Martin desatou a chorar quando Hinne terminou de falar. Boudewyn também chorou.

Hinne acordou de seu estado semiconsciente quando ouviu Martin chorar. Ele sorriu e disse: "Não fique triste. Eu encontrei a verdadeira felicidade. Então não é difícil morrer. Agarre-se firmemente ao Senhor, a quem você já conhece em uma idade tão jovem".

Com um último esforço, ele pegou a mão de Martin e a segurou por um momento.

Depois de instantes, Boudewyn sinalizou para que Martin deixasse a cabine. Ele sentou nas escadas e chorou profundamente antes de voltar ao convés.

O sol já tinha se posto em um esplendor de cores, as nuvens formando um portão dourado.

O vento ainda não havia os impelido, e eles praticamente não fizeram progresso. Não havia outro navio à vista.

Capitão Frank Abels caminhou para o fundo do navio. "Isso é inútil", disse ao timoneiro. "Nós podemos muito bem descer as velas e lançar âncora. Não parece que teremos vento essa noite".

Ele gritou ordens aos marinheiros, e eles apressaram-se em suas tarefas. Por alguns instantes, Martin ficou parado e assistiu. Então, começou a ajudar também. Havia muitos trabalhos que precisavam ser feitos no convés. Um dos marinheiros gostou dele e mostrou-lhe como entrançar as cordas, fazer nós de marinheiros e várias outras tarefas pequenas.

Agora, estava quase escuro lá fora. A fim de impedir que o inimigo visse onde o navio estava, nenhuma luz foi acesa.

Os marinheiros comeram sua ceia. Eles fariam turnos por toda a noite, montando guarda para ver se havia perigo em volta.

Boudewyn subiu para contar que Hinne tinha morrido tranquilamente.

Quando Martin foi para cama naquela noite, ele tinha certeza de que não conseguiria dormir. Muito tinha acontecido naquele dia – coisas que o fizeram feliz e coisas que o fizeram triste. Ele precisava de tempo para pensar sobre tudo isso. Ele repassou os eventos do dia e pensou sobre como as coisas tinham acontecido. Não demorou muito, porém, até adormecer profundamente, exausto de toda a aflição.

Ele dormiu agitadamente a noite toda e não acordou até bem tarde na manhã seguinte. Martin poderia dormir ainda mais, mas uma mão gentilmente o despertou. Ainda sonolento, abriu os olhos e viu Boudewyn, do lado de sua cama, segurando uma fatia de pão, um pedaço de queijo e uma caneca de água.

"Então, dorminhoco", ele disse sorrindo, "é hora de levantar. Coma e beba alguma coisa antes e vista-se rapidamente".

Martin estava envergonhado por dormir tanto, e sentou-se imediatamente.

"O navio ainda está ancorado?", perguntou.

"Sim. Ainda não estamos prontos para partir, embora o vento esteja começando a soprar. Primeiro, nós vamos enterrar Hinne pela manhã. Ontem à noite, alguns marinheiros e eu construímos um caixão com a madeira que estava no navio".

Martin percebeu então que Boudewyn não tinha dormido naquela noite. Ele ainda parecia tão alerta que era difícil perceber que teve um dia tão difícil e que também passou uma noite sem dormir.

Embora o pão fosse amanhecido, estava delicioso, e Martin logo comeu tudo. Então, saltou de sua cama. Dez minutos depois, ele estava no convés.

O vento tinha começado a soprar muito suavemente. No alto, uma fina camada de nuvens cobria o céu, e o sol não tinha conseguido traspassar. O resultado era um cenário cinzento e sombrio, bastante diferente de ontem. Dois barcos de pesca podiam ser vistos no horizonte, mas não havia outros navios à vista. O dique também estava completamente deserto.

Sr. e Sra. Haakbusser estavam muito quietos e melancólicos. Apenas Sanneke estava feliz como sempre. Ela ria enquanto esticava seus braços até Martin.

O capitão sinalizou aos marinheiros que descobrissem o maior dos barcos salva-vidas e o descessem até a água. O caixão foi colocado no barco, seguido por Boudewyn, Martin, Sr. e Sra. Haakbusser e sua filhinha e, finalmente, Frank Abels. Então, a pequena embarcação rumou até a margem.

Boudewyn e Bart remavam o barco enquanto Frank conduzia. Ninguém dizia uma palavra. Todos os seus pensamentos estavam na triste tarefa diante deles.

Em dez minutos, eles alcançaram a costa. O barco foi amarrado e o caixão retirado. Eles subiram o dique e caminharam até um campo intacto, não muito longe, onde um grande carvalho crescia. Ao pé dessa árvore, eles cavaram um buraco e desceram o caixão nele.

Os homens retiraram seus chapéus. Em uma voz grave, Boudewyn começou a cantar o Salmo 103. Todos ouviram com admiração e, com exceção de Sanneke, cantaram:

O SENHOR nos tratou com grande compaixão,
Não nos castigou consoante nossas transgressões.
Pois quanto o céu se alteia acima da terra, sem fim,
Assim é grande a sua misericórdia para com os que o temem.
E os pecados daqueles que O veneram
Ele os remove tal qual o leste dista do oeste

Sobre os filhos dos filhos, por gerações,
O SENHOR executará Sua gloriosa justiça,
Sua retidão revela-se, como outrora,
Àqueles que guardam Seus preceitos em obediência
E à Sua aliança provam plena fidelidade,
Sua misericórdia dura para sempre.

Eles abaixaram suas cabeças, e Capitão Frank Abels os dirigiu em oração. Então, o buraco foi coberto com terra.

O pequeno grupo lentamente caminhou de volta ao barco. Quando eles chegaram ao topo do dique, Martin virou-se, com lágrimas nos olhos, para ter um último vislumbre. O sol tinha nascido enquanto eles cantavam. Sua luz agora atravessava as folhas da árvore no local em que o corpo de Hinne Geertsz foi enterrado e onde permaneceria até o dia da ressurreição...

22

DISCUSSÕES A BORDO D'A GALERA

Quando eles retornaram ao navio, Capitão Abels deu muitas ordens. As velas foram içadas, e a âncora puxada. O vento os impelia e, pouco depois, já não conseguiam ver o dique. O sol tinha afastado as nuvens e agora brilhava poderosamente. Gentilmente, o navio cruzava as águas.

Martin passava a maior parte do tempo no convés. Ele estava triste pela morte de Hinne, mas, muitas vezes, pegava-se apreciando ao máximo a viagem de barco. Agora, ele tinha mais saudades de seus pais que nunca, e esperava desesperada que os visse em breve. Havia muitas coisas a fazer, e o tempo passou rapidamente. Ele conversava com os marinheiros e tentava aprender o quanto podia sobre náutica.

No início da tarde, eles viram a cidade de Enkhuizen. Uma nova torre da cidade e os portões dela, chamados de O Dromedário, podiam ser avistados à distância. Frank Abels visitava a cidade de Enkhuizen com bastante frequência. Ele contou a Martin e Boudewyn que havia muitos reformados morando ali. As autoridades não eram tão cruéis e severas quanto em outros lugares.

Quando começou a anoitecer, eles perceberam que um grande barco aproximava-se deles. Podia ser um navio mercante, mas o capitão não confiava nele. Ele deu ordens para que as velas fossem içadas de maneira que a embarcação pudesse ir mais rápido. O outro barco logo ficou para trás. Eles continuaram a navegar durante a noite, sem acender qualquer lâmpada para evitar serem detectados.

"É realmente perigoso ser seguido?", Martin perguntou a um dos marinheiros.

O marinheiro encolheu seus ombros. "É difícil dizer. Eles vigiam a movimentação dos reformados. Bem recentemente, uma embarcação levando muitos nobres reformados foi detida. Esses homens eram membros dos Mendigos e estavam fugindo para a Áustria. Eles foram presos e entregues aos líderes da Inquisição. Eu temo por suas vidas. Quanto ao nosso navio, logo eles descobrirão que somos bem capazes de contra-atacar. É melhor, porém, evitar o combate".

Naquela noite, Martin não conseguiu ir para seu dormitório. Ele ficou com o timoneiro e observava a escuridão. Às vezes, ele achava que podia ter visto algo se aproximando: o navio que os seguia. Mas, depois que observava mais atentamente, percebia que estava enganado.

O som pacífico da água batendo contra o barco preenchia o ar noturno. Ocasionalmente, o som era interrompido pelo grito agudo de um pássaro. Depois de um tempo, a lua surgiu no céu e reluziu sobre a água. Até onde podiam ver, não havia outro navio nas proximidades.

Os pensamentos de Martin vagaram, e ele imaginou como seus pais tinham se saído. Eles tiveram sucesso em escapar de seus perseguidores? Que tipo de dificuldades teriam enfrentado?

Até aquela altura, ele não teria passado tanto tempo pensando sobre essas coisas. Até então, tinha sido apenas uma criança. Ele sentia que tinha envelhecido muitos anos em poucas semanas. Ele sabia como era ser um fugitivo e viver situações de risco mortal. Ele tinha experimentado o quão perto os "hereges" estão sendo vigiados, como se fossem criminosos. Eles não eram criminosos – apenas queriam servir ao Senhor, seu Deus.

Estranho, pensou Martin. Antes, ele também amava o Senhor, quando seu pai lia a Bíblia na segurança de sua sala de estar. Agora, tudo tinha se tornado mais significativo e pessoal para ele. Agora, ele também sentia sinceramente que pertencia àqueles que são perseguidos.

Martin tinha experimentado o poder de Deus. Não somente suas vidas foram salvas miraculosamente em diversas ocasiões, mas o Senhor tinha liberado o coração de Hinne de toda a amargura e ódio através do poder de Sua Palavra.

Parado na borda do barco, o jovem entrelaçou as mãos. Ele orou para que o Senhor vigiasse seus pais e que Ele levasse todos no navio à segurança de Emden. Ele também pediu por força para nunca negar e renunciar ao Senhor, a despeito das situações difíceis em que pudesse estar.

No dia seguinte, Capitão Abels convidou Boudewyn, Martin e Bart para seu camarote. Ele queria saber um pouco mais sobre seus passageiros.

Ele tinha conhecido Hinne Geertsz por muitos anos. Hinne sabia que Frank Abels navegava pelas águas do Zuiderzee e lhe perguntara se ele estava disposto a aceitar alguns passageiros e leva-los até Emden.

Frank, sendo um forte opositor da Igreja Católica Romana e da Inquisição, alegremente concordou em ajudar. Agora, ele estava curioso quanto ao tipo de pessoas com quem estava lidando.

Eles conversaram por muitas horas. O capitão, com seus olhos azuis e penetrantes, observou cuidadosamente Boudewyn e Bart enquanto eles contavam suas histórias. Ele fez algumas perguntas, mas, no geral, falou muito pouco. Quando estava certo de que seus convidados eram confiáveis, ficou mais falante.

Ele lhes contou que na Frísia, a parte norte dos Países Baixos, a antipatia pelos espanhóis e pela Igreja Católica Romana estava ficando mais forte a cada momento. Havia reformados em cada vila e, ultimamente, muitos tinham fugido.

Ele era da cidade de Dokkum, mas ele e seu irmão Jan fugiram quando a situação ficou muito perigosa. Em diversas ocasiões, ele retornara com carregamentos e, então, procurava informações sobre a situação lá. Ultimamente, as condições tinham piorado, e estava cada vez mais perigoso para ele ir a algum porto holandês.

"Você ainda tem esperança de que os holandeses serão libertados do domínio espanhol?", perguntou Boudewyn.

Os olhos do capitão pareciam brilhar na penumbra do camarote.

"Absolutamente! Com o auxílio de Deus, a situação certamente mudará. Até agora, nós colocamos muita confiança e esperança nos nobres e príncipes, e eles continuamente nos decepcionam. O movimento de resistência no Sul equivale a nada por causa disso. Aqui no Norte, os sentimentos ficam mais intensos a cada momento. Apenas uma pequena faísca será necessária para animar o povo. Assim que a resistência realmente inflamar-se, nada, nem mesmo muito sangue derramado, a deterá!".

"Um príncipe ou um duque terá de se dispor a tomar a liderança", disse Bart, contemplativo. "Você acha que Brederode faria isso?".

"Brederode é um homem que daria tudo, mesmo sua vida, pela causa. Ele é muito corajoso e bom lutador", Frank respondeu, "mas ele também é impulsivo e esquentado demais. Além disso, ele não é tão influente quanto algumas pessoas pensam que é. Na minha opinião, há somente uma pessoa que pode arcar com tamanha responsabilidade e incumbência".

"O Príncipe de Orange?", perguntou Boudewyn.

"O Príncipe de Orange! Talvez Van Egmond pudesse cuidar disso, mas desde a destruição maciça das imagens, ele só quer reconciliação com o rei, a paz a todo custo. O Príncipe de Orange é diferente. Ele não se curvou à pressão, em vez disso, deixou o país. Todavia, ainda parece indeciso".

Batendo seu punho na mesa para desafogar seus sentimentos, ele continuou: "Luís de Nassau, o irmão do príncipe, é nosso homem. Ele é um calvinista de coração e alma, e sabe o que quer. Se o príncipe, com toda sua influência, tivesse a mesma convicção, ele não hesitaria em tomar a liderança e chefiar a resistência. Alguns dizem que Luís tem mais e mais influência sobre seu irmão, então, há esperança. Em todo caso, a situação não pode continuar assim por muito tempo. Os reformados têm apenas duas opções no momento: morte ou exílio. Enquanto isso, o país está sofrendo terrivelmente".

Os fugitivos perceberam que seu capitão era muito bem informado. Em Emden, ele teve a chance de conversar com muitos protestantes que tinham escapado dos Países Baixos, incluindo muitos ministros. Algumas dessas pessoas tinham contato próximo com Luís. Elas estavam cada vez mais otimistas de que logo algo seria feito para ajudar o povo oprimido nos Países Baixos.

O capitão teve de voltar ao convés. Agora, eles estavam navegando ao norte das Ilhas Frísias. Havia muito pouco vento, e o progresso era lento. Todavia, os marinheiros estavam confiantes de que alcançariam Emden no dia seguinte. O coração de Martin saltava de alegria quando percebia que talvez visse seus pais em um dia ou dois!

Mais tarde, Boudewyn e o capitão ficaram no convés conversando. O capitão ruivo e o ferreiro moreno se entendiam notavelmente bem, embora Frank fosse mais espontâneo. Ele parecia uma antipatia especial pelos monges.

Boudewyn estava impressionado com a habilidade e a familiaridade do capitão com a área em que estavam navegando. Ele parecia reconhecer cada duna das Ilhas Frísias e conhecia cada restinga e pontos rasos na água. Quando Boudewyn fez um comentário sobre isso, Capitão Frank Abels sorriu.

"Meu irmão Jan é um marinheiro muito melhor que eu. Além disso, não é surpresa que nos sintamos tão em casa nessas águas. Nove anos atrás, o prefeito de Groninga e do Conselho da Frísia nomearam eu e meu irmão para protegermos os navios mercantes dos piratas. Com este navio, A Galera, nós protegemos muitos navios mercantes e travamos muitas batalhas com piratas. Mas eu parei de fazer isso".

"Por quê?", perguntou o ferreiro com surpresa.

"Havia muitos piratas que eram desprezíveis e tinham sido encrenqueiros por toda a vida. Mas ultimamente, isso mudou. Nos últimos anos, muitos que costumavam ganhar seu pão com manteiga de maneira honesta têm entrado na pirataria. Eles ficaram revoltados com o domínio espanhol e a

Inquisição Católica Romana, e muitos deles viram parentes e amigos serem presos, enforcados, ou queimados na fogueira. Agora, eles têm suas próprias guerras particulares com os espanhóis. Pessoalmente, eu não acho que essa é a maneira correta, mas eu e Jan achamos muito difícil caçar ou capturar essas pessoas. Nós continuamos a proteger navios mercantes, mas, às vezes, deixávamos um navio pirata escapar porque sentíamos que aqueles marinheiros não mereciam morrer na fogueira".

"Isso foi o que colocou vocês em problemas, suponho", Boudewyn sugeriu.

"Isso mesmo. Os nobres começaram a desconfiar de nós, especialmente quando descobriram que tínhamos rompido com a Igreja Católica Romana. Eles tentaram prender-nos, mas conseguimos escapar para Emden bem a tempo. A casa do meu irmão em Dokkum foi saqueada, mas sua esposa conseguiu escapar. Ela reencontrou filho e o marido em Emden".

23

UMA PERIGOSA TENTATIVA DE RESGATE

Naquele fim de tarde, o sol se pôs como chama de fogo. Era possível avistar nuvens acumulando-se no horizonte, e os marinheiros previram que uma tempestade se aproximava.

Martin foi para cama e logo dormia profundamente. Quando ele acordou de manhã, percebeu pelo balanço do navio que as previsões dos marinheiros se realizaram.

Ele saltou da cama assim que o barco balançou violentamente, fazendo-o voar. Meia hora depois, quando finalmente subiu até o convés, a água estava cheia de espuma. Não era possível ver terra em qualquer direção. O capitão tinha dado ordens para alterar o curso e dirigir-se para águas mais abertas, buscando reduzir o risco de atingir uma restinga.

Eles navegaram com as velas enroladas. O capitão andava de um lado para o outro no convés, observando a situação de perto. Embora o navio subisse e descesse pelas ondas como um casca de noz, eles não corriam perigo imediato enquanto a tempestade não ficasse pior.

Boudewyn e Bart estavam na proa do navio conversando. Eles pareceram preocupados quando viram Martin caminhando em direção a eles.

"Você tem certeza que não deveria estar lá embaixo?", perguntou Boudewyn. "Não está muito agradável por aqui. Às vezes, as ondas caem direto sobre o convés".

"Minha esposa não arriscou ficar aqui em cima e decidiu ficar no camarote", Bart acrescentou.

Martin não se sentia muito bem. O navio estava balançando tanto que ele mal podia ficar de pé, e seu estômago também não parecia muito bem, mas as palavras de Bart o irritaram.

"Eu não sou uma mulher, e não sou mais uma criancinha também", respondeu com orgulho enquanto plantava seus pés no convés da maneira mais firme possível.

Boudewyn começou a rir. "É isso que eu gosto de ouvir. Certamente você provou que não é mais uma criança nesses últimos dias. Fique aqui se quiser, mas certifique-se de ser muito cuidadoso".

Martin concordou. Ele estava feliz por seu amigo apoiá-lo assim, mas, no fundo, ele não estava tão seguro de si. Como precaução, ele ficou no centro do navio, onde a oscilação não era tão sentida. Além disso, se ele precisasse vomitar, Boudewyn e Boudewyn teriam menos chances de perceber.

Ele ficou lá por quase quinze minutos, sentido-se cada vez pior. De repente, ouviu a batida de passos. Ele virou e viu Sanneke, que devia ter escapado do camarote.

Martin iria adverti-la, mas nenhum som saiu de sua boca. Ele assistiu aterrorizado uma grande onda cobrir o convés, levando Sanneke consigo.

Por um momento, ele ficou paralisado em choque. Então, foi como se visse à sua frente o rosto de Hinne ao arriscar sua própria vida para salvar Sanneke e sua mãe. Martin correu para a ponta do navio.

A garotinha estava flutuando em cima de uma onda. Sem mais hesitação, ele saltou ao mar. Ele orou para que o Senhor os protegesse e salvasse.

A água tempestuosa o engoliu. Imediatamente, ele esticou suas mãos e pernas e começou a nadar. Ele podia sentir a água salgada em sua boca. Poucos segundos depois, sua cabeça novamente emergia da água. Ele ainda podia ver Sanneke flutuando e nadava na direção dela.

Martin era um bom nadador, mas isso era quase mais do que ele podia suportar. Seu pequeno corpo girava para cima e para baixo com as ondas. Grandes ondas colidiam contra e sobre ele, quase impossibilitando que recuperasse o fôlego. Ele lutou bravamente, lutando para não entrar em pânico, e concentrando-se somente na garotinha que tinha de salvar.

Por um momento, ele perdeu a menina de vista e achou que era tarde demais, mas então, ele a viu ainda mais próxima do que esperava.

Apenas mais duas ondas! Com um impulso final e firme, ele mergulhou para frente e estava no local onde ela deveria estar. Mas ela tinha desaparecido!

Com seus olhos abertos, ele submergiu, tateando pelas águas. Era difícil ver alguma coisa na escuridão verde-cinzenta. Ele estava quase sem ar, mas tentava permanecer submerso apenas mais uns segundos.

Ele vislumbrou alguma coisa. Desesperadamente, agarrou aquilo. Puxou em sua direção. Era Sanneke!

Quase sufocado, ele se impulsionou para cima. Sua cabeça estava fora d'água mais uma vez. Sentiu grande alívio quando o ar encheu seus pulmões. Com um braço ele segurava a cabeça da garotinha acima da água. Ela não deu sinal de vida. Ele tinha chegado atrasado, afinal?

A Galera estava muito distante agora. Ele estava extremamente cansado, e sua roupa molhada parecia pesar uma tonelada, puxando-o para baixo. Não havia como ele conseguir nadar de volta.

Mas ele não desistiu. Com seu único braço livre e suas pernas, dava braçadas e pernadas, as ondas lançando-o para lá e para cá como uma bola.

Quando chegou à crista de uma grande onda, subitamente notou Boudewyn e Bart em um bote salva-vidas remando em sua direção com toda a força. Eles já estavam chegando perto.

Alegria e encorajamento preencheram o jovem rapaz. Seus amigos estavam vindo para socorrê-lo! O resgate estava próximo!

Ele tentou nadar até o barco, mas o mar estava ficando ainda mais violento, e Martin estava exausto. Ele era repetidamente desviado do curso. Com grande dificuldade, ele conseguia manter a cabeça de Sanneke acima da água e, ao mesmo tempo, flutuar.

Agora, era quase impossível mover sua mão livre e suas pernas. Sua respiração ficou difícil, e ele tinha dificuldade de ver claramente.

Ele estava prestes a afundar quando vagamente percebeu algo zumbindo atrás dele. Martin ouviu a voz de Boudewyn superar o tumulto da tempestade, gritando para ele: "Pegue a corda!".

Ele procurou alucinadamente, então viu a corda ao seu lado. Com um esforço final e desesperado, conseguiu pegar a corda e segurá-la. Imediatamente, podia sentir que estava sendo puxado em direção ao pequeno barco. O ferreiro estava de joelhos na embarcação e puxou os dois para dentro. Em alguns instantes, ele tirou da água Sanneke e, então, Martin.

Martin estava cansado, porém ileso. Os dois homens perceberam que Sanneke não estava bem. Eles não tinham tempo a perder. Precisavam retornar ao navio imediatamente.

Eles viraram o barco salva-vidas e rumaram ao navio, que também tinha mudado o curso. A distância entre as duas embarcações rapidamente ficou menor.

Quando o barco salva-vidas ameaçou bater contra o navio, suas vidas mais uma vez estiveram em perigo, mas com uma manobra cuidadosa, os homens puderam impedir. Os que estavam no convés rapidamente ajudaram a colocar todos de volta a bordo. Finalmente, o barco salva-vidas também foi içado da água.

Boudewyn levou Martin para baixo imediatamente. O jovem foi despojado de suas roupas, completamente enxugado e seco, e colocado numa cama quente. Martin estava completamente exausto e grato pela ajuda de Boudewyn. Bem no fundo, ele tinha um sentimento torturante de que seus esforços foram em vão. Parecia realmente que Sanneke estava morta.

Boudewyn sentou ao seu lado na cama. Ele contou para Martin que eles perceberam o que tinha acontecido quando um dos marinheiros gritou. Naquele momento, Martin já estava a certa distância do navio. Frank Abels imediatamente ordenou que o navio desse a volta. Era muito perigoso virar um navio em uma tempestade tão severa. Bart e o ferreiro tiveram que eles mesmos lançar o barco ao mar. No instante em que a Sra. Haakbusser subiu ao convés em pânico para dizer-lhes que Sanneke tinha desaparecido, eles estavam prontos para entrar no barco salva-vidas. Felizmente, havia uma grande corda no barco e, quando Boudewyn percebeu que Martin estava prestes a afundar, ele a lançou até o rapaz.

Sentindo-se fraco e surpreso, Martin escutou a história que Boudewyn contava. Era quase como se ela nem mesmo o envolvesse, embora ele estivesse feliz por eles terem salvado sua vida.

Então, o capitão entrou na cabine, parecendo muito satisfeito. "A garotinha está consciente e tudo deve ficar bem!", exclamou.

Chocado, Martin levantou como se acordasse de um pesadelo. "Isso é realmente verdade?", perguntou, com seus olhos brilhando.

"Claro que é! A mãe e o pai estão ao lado da cama dela agora. Eles estão radiantes e virão agradecer-lhe depois. Sanneke engoliu muita água, mas ela parece estar bem. Suas bochechas estão começando a ganhar cor novamente. Você é um jovem muito corajoso. Com seu ato de coragem, salvou uma vida. Seus pais podem ficar muito orgulhosos de você!".

Martin estava vagamente consciente dos elogios que recebia. Ele tinha se animado para ouvir as boas notícias. Agora, sentia-se repentinamente cansado, e deitou em sua cama. Alguns minutos depois, quando Sr. e Sra. Haakbusser desceram para agradecê-lo, ele dormia profundamente.

Muitas horas passaram antes que Martin acordasse de novo. Ele sentia-se muito melhor, mas estava um pouco desanimado e não tinha vontade de sair da cama naquela hora.

Estava ficando escuro no camarote do marinheiro. Martin percebeu pelo movimento do barco que a tempestade tinha diminuído consideravelmente. Ele continuou a sonhar acordado, muito grato por a vida de Sanneke ser poupada.

Boudewyn desceu as escadas. Ele acendeu uma vela e deixou a luz brilhar sobre o rosto de Martin. Ele ficou surpreso em descobrir o jovem desperto.

"Ora, ora, nosso grande nadador acordou novamente. Você dormiu por muito tempo. É quase noite agora. Você acha que consegue levantar?".

Martin assentiu. "Eu me sinto bem. Como está Sanneke?".

"Ela está dormindo bem e não parece haver qualquer perigo. Suas roupas ficaram secas nesse meio tempo, então você pode se vestir".

"Como está o clima?".

"O mar ainda está um pouco rebelde, mas o vento está começando a esmorecer. Ele também mudou ligeiramente de direção, então conseguimos avançar bem nas últimas horas. Talvez cheguemos a Emden essa noite, afinal".

Essas últimas palavras eram apenas o que Martin precisava para aniquilar o que restava da exaustão. Ele poderia rever seus pais em breve!

Rapidamente, ele saltou da cama e vestiu-se. Quando começou a caminhar, seu estômago estava um pouco nauseado. Boudewyn tinha saído, mas logo retornou com um prato de comida quente. Então Martin percebeu por que seu estômago estava estranho! Ele não tinha comido nada desde cedo de manhã!

Ele sentiu-se muito melhor depois de comer. Terminou de vestir-se com pressa e, então, caminhou até a cabine onde Sanneke dormia. Lá, encontrou Sr. e Sra. Haakbusser, que tinham acabado de chegar para ver a filha dormindo. Ela dormia tranquilamente, e sua respiração estava bastante regular. Obviamente, ela não teve qualquer consequência séria por ficar na água por tanto tempo.

Os pais agradecidos abraçaram Martin com tanta força que ele ficou envergonhado e saiu para o convés logo que pôde.

24

BUSCA FINAL

Estava completamente escuro quando eles chegaram a Emden, poucas horas depois. Embora a água ainda estivesse bastante agitada no último trecho da jornada, eles não tiveram mais problemas e chegaram ao seu destino em segurança.

Martin estava no convés. Ele esteve ali desde que acordou. Muito animadamente, ele assistia as luzes ao longo da costa se aproximando. Depois que Boudewyn pagou o capitão, Martin e Boudewyn disseram adeus à tripulação.

Os Haakbussers decidiram ficar a bordo d'A Galera por mais uma noite. Eles não achavam uma boa ideia levar Sanneke para o clima noturno depois do que ela tinha passado durante o dia. Na verdade, Boudewyn também pensava que seria mais fácil permanecer a bordo até a manhã, mas Martin estava tão ansioso para conseguir alguma informação sobre seus pais que não conseguia dormir de forma alguma. Boudewyn decidiu que, sob essas circunstâncias, era melhor descer logo.

Frank Abels lhes deu diversos endereços onde eles podiam ir. Com essa informação, eles deixaram o navio.

Como se num sonho, Martin caminhava pelas ruas de Emden. Nas últimas semanas, ele tinha ouvido muito sobre esse refúgio para o povo perseguido de Deus. Ele prestava muita atenção nas construções e nas poucas pessoas por que passava. A lua iluminava a cidade, e ele ficou surpreso em descobrir que as coisas pareciam muito semelhantes à Holanda. Estranho. Ele imaginava algo muito diferente.

Boudewyn estava absorto em pensamentos. Ele já tinha checado duas das casas na lista, mas as pessoas estavam dormindo. Boudewyn começou a imaginar se teria sido mais sábio ficar no navio até amanhecer. Eles tinham um endereço de uma estalagem onde podiam achar acomodações, e decidiram que iriam para lá.

A estalagem não era muito distante. Quando chegaram, algumas luzes ainda estavam acesas, mas a porta já estava fechada. Boudewyn bateu a aldrava com força, e a porta logo estava aberta. O estalajadeiro parou na porta e olhou para eles com firmeza. Parecia que não estava muito feliz por ser incomodado a essa hora da noite.

Depois que Boudewyn explicou que eles tinham desembarcado do navio de Frank Abels e que tinham recebido aquele endereço, o rosto do estalajadeiro iluminou-se. Ele sorriu e abriu a porta para eles entrarem.

"Veja", ele explicou, "muitos reformados dos Países Baixos fogem para Emden, mas ocasionalmente há espiões enviados pela Inquisição Espanhola. Precisamos ficar de guarda o tempo todo".

Em uma mesa no canto da sala vagamente iluminada, estava outro hóspede que tinha chegado tarde. De imediato, ele não deu atenção aos recém-chegados à porta, mas subitamente reconheceu suas vozes. Rapidamente, ele ficou de pé e, em poucos passos, estava na porta.

"Casper", gritaram Boudewyn e Martin juntos. Com grande surpresa, apertaram as mãos uns dos outros.

O velho amigo sorriu. "Esse é apenas um codinome nos Países Baixos", ele disse. "Aqui vocês podem usar meu nome verdadeiro, Nicholas Borgerhout. Que surpresa maravilhosa ver vocês dois. Os pais de Martin estão aqui também?".

O rosto de Martin nublou-se quando ele ouviu a pergunta. Obviamente, Nicholas também não sabia onde seus pais estavam!

Boudewyn explicou em poucas frases rápidas o que tinha acontecido desde que partiram naquela noite há algum tempo. Agora Nicholas entendia por que Sr. e Sra. Meulenberg não estavam com os dois. Ele tentou encorajar Martin.

"Há centenas de reformados holandeses por aqui. Eu só cheguei hoje e não tive muito tempo de falar com ninguém. O Deus que nos trouxe em segurança também protegerá seus pais, Martin. A primeira coisa que faremos amanhã é começar a procurá-los".

"Como você chegou aqui?", Boudewyn perguntou. "Eu pensei que você queria ficar nos Países Baixos".

"Esse era meu plano. Felizmente, eu consegui escapar dos meus perseguidores. Passei bastante tempo nos arredores de Utrecht. Muitas pessoas estavam interessadas nos livros que eu vendia, e logo eu não tinha nada. Mais uma vez, a situação tornou-se muito perigosa para mim, então voltei a Arnhem, onde peguei um barco para Wezel. Dali, prossegui viajando pela Alemanha até Emden. Eu espero conseguir mais livretos aqui".

Ele ficou quieto por alguns instantes e, então, acrescentou: "Eu também tive outra razão para vir para a Alemanha. Muitos comerciantes calvinistas me pediram para trazer mensagens para seus amigos e parentes daqui. Eles me pediram para discutir a situação com o Príncipe de Orange e seu irmão Luís. Eu ainda não tive a oportunidade de conversar com o príncipe, mas tenho falado com Luís, e ele me deu motivos para ter esperança".

"Motivos para esperança?", perguntou Boudewyn com surpresa. "A situação está bastante tensa no momento. Alba está no comando, e se alguém quiser permanecer fiel à Reforma, deve fugir ou arriscar diariamente a própria vida".

"Isso é verdade. Mas minha conversa com Luís me encorajou. O Senhor está trabalhando o príncipe. Ultimamente, ele tem se tornado muito mais sério, e tomou mais rumo. Ele também está tendo muito sofrimento em seu casamento e isso o trouxe para mais perto do Senhor. Ele lê a Bíblia todos os dias e ora fervorosamente para que o Senhor o utilize como instrumento de libertação da opressão dos Países Baixos. Ele está até fazendo planos para trazer a liberdade".

O coração de Boudewyn encheu de alegria ao ouvir essas palavras.

"Isso é maravilhoso!", disse comovido. "Se o Senhor trabalhar dessa forma, então grandes coisas podem acontecer".

Eles continuaram a falar até tarde da noite. Martin também escutou com muita atenção. Ele tinha começado a pensar mais sobre esses assuntos recentemente, e estava feliz de ouvir as boas notícias. A intensa discussão também tornou mais fácil parar de preocupar-se com seus pais por um tempo.

Quando estava deitado na cama, ficou novamente muito triste. Ele tinha esperado tanto reencontrar seus pais hoje. Não somente ele não os tinha encontrado, mas ninguém parecia saber onde eles estavam. Ele orou diligentemente ao Deus para que em breve os visse de novo. Isso o acalmou um pouco, e logo ele dormia.

A noite foi muito curta. Eles tinham ido dormir muito tarde e acordaram muito cedo. Depois de um café da manhã substancial, os três deixaram a estalagem e começaram sua busca.

Era um dia muito cheio em Emden. Era o dia do mercado semanal, e os fazendeiros e outros comerciantes vinham de todas as direções para montar suas barracas e vender seus produtos. Mas os Meulenbergs não foram vistos em lugar algum.

Eles foram a todos os endereços que Frank Abels tinha lhes passado. Embora ouvissem muitas histórias e encontrassem muitos holandeses, ninguém tinha visto ou ouvido falar dos pais de Martin.

Martin ficou cada vez mais triste, embora Boudewyn e Nicholas fizessem o melhor para encorajá-lo. Eles continuaram sua busca por horas. Martin estava exausto, mas sua busca tinha sido infrutífera.

Lentamente, a terrível verdade raiou sobre o pequeno grupo. Os pais de Martin deveriam ter chegado há muito tempo. Eles não devem ter alcançado Emden, afinal... Algo terrível deve ter acontecido a eles no caminho. Os soldados ou outras autoridades da Inquisição devem ter capturado os dois...

Eles foram a um último endereço, mas quando também não houve resultado, Martin desatou a chorar. Boudewyn o pegou pela mão e tentou confortá-lo.

"Não vamos perder a esperança ainda, garoto. A despeito do que acontecer, eu sempre cuidarei de você como meu próprio filho".

Martin enxugou as lágrimas. Ele tinha de ser corajoso. Era isso que seus pais desejariam.

Agora, eles caminhavam pelos arredores da cidade. Muitos fazendeiros passavam por eles em seus carros, enquanto voltavam do mercado para casa.

Então, vindo de outra direção, uma carroça coberta virou a esquina. Havia um homem magro e pálido segurando as rédeas e sentado na caixa. Ao seu lado, estava uma mulher com um olhar preocupado em seu rosto.

Martin foi o primeiro a vê-los. Ele gritou e correu na direção deles com tanta animação que quase bateu no cavalo de alguém.

"Pai! Mãe!", ele gritou.

A carroça parou abruptamente. Os olhos dos dois arregalaram-se com surpresa e alegria. Eles iam descer da caçamba, mas antes que tivessem chance, Martin tinha pulado entre os dois. Ele agarrou os dois com força, as lágrimas correndo livremente – desta vez, de pura alegria. Lágrimas também desciam do rosto de seus pais.

"Meu filho querido, é realmente você? Nós temíamos nunca mais vê-lo novamente", sua mãe disse com emoção.

"Eu tive tanto medo de que vocês tivessem sido capturados porque ainda não estavam em Emden!".

"Eu fiquei muito doente e, por um bom tempo, não pude mais viajar", seu pai explicou, "mas o Senhor nos protegeu a todos".

Agora, Nicholas e Boudewyn também tinham chegado à carroça, e eles cumprimentaram seus amigos, gratos por eles terem chegado em segurança. Boudewyn expressou em voz alta o que todos estavam pensando naquele momento. "Esta é a obra maravilhosa do Senhor. Ele nunca se esquece de Seu povo, e, em Seu próprio tempo, proverá libertação completa!".